大家小书

鲁迅作品细读

钱理群 著

北京出版集团公司
北京出版社

图书在版编目（CIP）数据

鲁迅作品细读 / 钱理群著. — 北京 ：北京出版社，2017. 10（2025. 1 重印）
（大家小书）
ISBN 978 - 7 - 200 - 13084 - 3

Ⅰ. ①鲁… Ⅱ. ①钱… Ⅲ. ①鲁迅著作研究 Ⅳ. ①I210. 97

中国版本图书馆 CIP 数据核字(2017)第 137789 号

·大家小书·

鲁迅作品细读

LU XUN ZUOPIN XIDU

钱理群 著

*

北 京 出 版 集 团 公 司
北 京 出 版 社 出版
（北京北三环中路 6 号 邮政编码：100120）

网 址：www . bph . com . cn
北京出版集团公司总发行
新 华 书 店 经 销
北京华联印刷有限公司印刷

*

880 毫米×1230 毫米 32 开本 10. 5 印张 160 千字
2017 年 10 月第 1 版 2025 年 1 月第 8 次印刷

ISBN 978 - 7 - 200 - 13084 - 3

定价：58. 00 元

序　　言

袁行霈

“大家小书”，是一个很俏皮的名称。此所谓“大家”，包括两方面的含义：一、书的作者是大家；二、书是写给大家看的，是大家的读物。所谓“小书”者，只是就其篇幅而言，篇幅显得小一些罢了。若论学术性则不但不轻，有些倒是相当重。其实，篇幅大小也是相对的，一部书十万字，在今天的印刷条件下，似乎算小书，若在老子、孔子的时代，又何尝就小呢？

编辑这套丛书，有一个用意就是节省读者的时间，让读者在较短的时间内获得较多的知识。在信息爆炸的时代，人们要学的东西太多了。补习，遂成为经常的需要。如果不善于补习，东抓一把，西抓一把，今天补这，明天补那，效果未必很好。如果把读书当成吃补药，还会失去读书时应有的那份从容和快乐。这套丛书每本的篇幅都小，读者即使细细地阅读慢慢地体味，也花不了多少时间，可以充分享受读书的乐趣。如果把它们当成补药来吃也行，剂量小，吃起来方便，消化起来也容易。

我们还有一个用意，就是想做一点文化积累的工作。把那些经过时间考验的、读者认同的著作，搜集到一起印刷出版，使之不至于泯没。有些书曾经畅销一时，但现在已经不容易得到；有些书当时或许没有引起很多人注意，但时间证明它们价值不菲。这两类书都需要挖掘出来，让它们重现光芒。科技类的图书偏重实用，一过时就不会有太多读者了，除了研究科技史的人还要用到之外。人文科学则不然，有许多书是常读常新的。然而，这套丛书也不都是旧书的重版，我们也想请一些著名的学者新写一些学术性和普及性兼备的小书，以满足读者日益增长的需求。

“大家小书”的开本不大，读者可以揣进衣兜里，随时随地掏出来读上几页。在路边等人的时候，在排队买戏票的时候，在车上、在公园里，都可以读。这样的读者多了，会为社会增添一些文化的色彩和学习的气氛，岂不是一件好事吗？

“大家小书”出版在即，出版社同志命我撰序说明原委。既然这套丛书标示书之小，序言当然也应以短小为宜。该说的都说了，就此搁笔吧。

目录

前　言

收入本书的文章，最早写于1993年，那时我在上海《语文教育》开设“文本细读”专栏，并汇成《名作重读》一书；最后一篇写于2013年，是专为《中学语文教材中的鲁迅作品解读》一书而写。这样，我的“鲁迅作品细读”前后写了二十年。

我为什么如此痴迷，乐此不疲？这是出于两个信念：坚信鲁迅是中华民族具有原创性、源泉性的思想家、文学家，阅读鲁迅是民族精神基本建设和教育工程，而且鲁迅作品是要读一辈子，常读而常新的；坚信阅读鲁迅原著是走进鲁迅的唯一途径，而且要静下心来，一个字一个字地细细品味，来不得半点浮躁与虚假。

问题是如何阅读？根据我的经验，一、要通过对鲁迅独特的思维、语言和情感的领悟，体察其罕见的想象力与创造力，进而走入鲁迅的文学世界，思想天地；二、阅读就是对话，每一次阅读都是一次心灵的交流，思想的撞击，一次彼此精神的升华：鲁迅因为你的创造性的解读而获得新的意义，你也因此得到了另一种眼光，重新打量、发现周围的世界和自己，在形成仅属于你的鲁迅观的同时，又更坚定地把握个体生命的独立性，走自己的路。三、要进行比较：和鲁迅自己同一素材的作品比，和同代作家、外国作家同一题材的作品比，这就将鲁迅的创作放在更大的视野下，展现、体味其特殊的风貌。

这也是我对有兴趣阅读本书的读者的期待。

2017年2月21日

辑一　小说五篇

一、读《孔乙己》

据说当有人问鲁迅在所做的短篇小说里，他最喜欢哪一篇时，鲁迅答复说是《孔乙己》。有外国译者请鲁迅推荐自己的作品，他也是首选《孔乙己》。[①]

这关乎鲁迅对自己作品的评价。在1919年写给《新潮》杂志的一封信里，鲁迅这样说："《狂人日记》很幼稚，而且太逼促，照艺术上说，是不应该的。"[②]他的学生孙伏园也回忆说，鲁迅在私下谈到《药》这一类小说时，曾经用了一句绍兴话，叫"气急虺聩"，就是不够从容，这和"太逼促"是一个意思。鲁迅喜欢《孔乙己》，原因就在它写得"从容

---

① 孙伏园：《孔乙己》，《鲁迅先生二三事》，收《鲁迅回忆录》（专著，上册），83页，北京出版社1999年版。

② 鲁迅：《对于〈新潮〉一部分意见》，《鲁迅全集》7卷，236页，人民文学出版社2005年版。

不迫”。[①]

鲁迅的这一自我评价，大概出乎许多人意料之外：大家都认为，鲁迅的代表作是《狂人日记》《药》这样的思想性、战斗性比较强的作品。这几乎也是学术界的“公论”，以至直到今日，还很少有人提及我们这里所引述的鲁迅对《狂人日记》《药》这类作品的批评反省，有意无意忽略、淡化鲁迅对《孔乙己》的格外看重。其实，鲁迅做出这些一般人难以理解的评价，是自有标准的，即不同于政治、思想标准的审美标准；而他对作品的审美评价，就是看是否“从容不迫”。这既是鲁迅的人生观：他一再强调人的生活要有“余裕”，不能“不留余地”，给人以“压迫和窘促之感”；[②]更是鲁迅的文学观、美学观，他认为“生活有余裕”才会“产生文学”，[③]“感情正烈的时候，不宜做诗，否则锋芒太露，能将‘诗美’杀掉”。[④]以这样的“从容美学”观来看，《狂人日记》《药》可能都有些“锋芒毕露”“不留余地”，给人以“压迫和窘促之感”；而《孔乙己》则写得有节制，含蓄，

① 孙伏园：《孔乙己》，《鲁迅先生二三事》，收《鲁迅回忆录》（专著，上册），85页。

② 鲁迅：《忽然想到（二）》，《鲁迅全集》3卷，15页。

③ 鲁迅：《革命时代的文学》，《鲁迅全集》3卷，439页。

④ 鲁迅：《两地书·三二》，《鲁迅全集》11卷，99页。

从容不迫。

关于鲁迅的“从容美学”，以及对《狂人日记》《药》《孔乙己》的具体美学分析，是一篇大文章，我曾经多次推荐给中文系的研究生：这是很好的博士生论文题目。这里不可能进一步展开，只想从一个具体角度做一点讨论。

《孔乙己》其实只是在从从容容地“讲故事”，讲一个鲁迅家乡的小酒店的故事，一个酒店里的既普通又特别的酒客的故事：他叫“孔乙己”，“原来也读过书”，没有考上秀才，“又不会营生”，最后潦倒一生。这是一个看来可笑，细加品味又相当可悲的读书人的故事。

我们要讨论的是，鲁迅怎样讲这个故事？特别是他选择谁来讲故事？也就是选择谁做“叙述者”？这是每一个作者在写作时都要认真考虑的。我们不妨设想一下：孔乙己的故事，可以由哪些人来讲？最容易想到的，自然是孔乙己自己讲，作者直接出面讲，或者由咸亨酒店的掌柜、酒客来讲；但出乎意料，作者却选了一个酒店的“小伙计”（“我”）来讲故事。这是为什么？

这显然与他的追求，他所要表达的意思有关系。

那么，我们就先来看小说中的一段叙述：孔乙己被丁举人吊起来拷打，以致被打断了腿，这自然是一个关键性的情节，它血淋淋地揭示了爬上高位的丁举人的残酷与仍处于社会底层的孔乙己的不幸，一般作者都会借此大做文章，从正面进行渲染；但鲁迅是怎么写的呢？

> 有一天，大约是中秋前的两三天，掌柜正在慢慢的结账，取下粉板，忽然说："孔乙己长久没有来了。还欠九个钱呢。"我才也觉得他长久没有来了。一个喝酒的人说道："他怎么会来？……他打折了腿了。"掌柜说，"哦！""他总仍旧是偷。这一回，是自己发昏，竟偷到丁举人家里去了。他家的东西，偷得的么？""后来怎么样？""怎么样，先写服辩，后来是打，打了大半夜，再打折了腿。""后来呢？""后来打折了腿了。""打折了怎样呢？""怎样？……谁晓得？许是死了。"掌柜也不再问，仍然慢慢的算他的账。

鲁迅着意通过酒客与掌柜的议论来叙述这个故事，这是为什么呢？这显然不是一个单纯的所谓"侧面描写"的写作技巧，而是表明，鲁迅所关注的不仅是孔乙己横遭迫害的不幸，他更为重视的是人们对孔乙己的不幸的态度和反应。掌柜就像听一个有趣的故事，一再追问："后来怎么样？""后来呢？”“打折了怎样呢？”没有半点同情，只是一味追求刺激。酒客呢，轻描淡写地讲着一个与己无关的新闻，还不忘谴责被害者“发昏”，以显示自己的高明；“谁晓得？许是死了”，没有人关心孔乙己的生与死。在这里，掌柜与酒客所扮演的正是“看客”的角色：他们是把“孔乙己被吊起来打折了腿”当作一出“戏”来“看”的。孔乙己的不幸中的血腥味就在这些看客的冷漠的谈论中消解了：这正是鲁迅最感痛心的。

这背后仍是一个“看/被看”的模式。鲁迅把他的描写的重心放在掌柜与酒客如何“看”孔乙己。于是，我们注意到小说始终贯穿一个“笑”字——

> 只有孔乙己到店，才可以笑几声，所以至今还记得。
>
> 孔乙己一到店，所有的喝酒的人便都看着他笑……
>
> ……众人也都哄笑起来，店内外充满了快活的空气。
>
> 孔乙己是这样的使人快活，可是没有他，别人也便这么过。

孔乙己已经失去了一个“人”的独立价值，在人们心目中他是可有可无的，他的生命的唯一价值，就是成为人们无聊生活中的笑料，甚至他的不幸也只是成为人们的谈资。——这正是鲁迅对孔乙己的悲剧的独特认识与把握。

因此，在小说的结尾，当我们看到孔乙己“在旁人的说笑声中，坐着用这手慢慢走去了”时，是不能不感到心灵的震撼的。小说最后一句是“大约孔乙己的确死了”，鲁迅特意选择了“大约”与“的确”这两个相互矛盾的词语来讲述孔乙己的人生结局：他的死，或者不确定（“大约”），或者确定（“的确”），谁也不关心，谁也不在意。留下的问题是：这样的结局是谁造成的?

但鲁迅还要进一步追问：孔乙己是怎样“看”自己的呢?于是，我们又注意到这一句介绍：“孔乙己是站着喝酒而穿长衣衫的唯一的人。”孔乙己不肯脱下“长衣衫”是因为那是一种“身份”的象征，因此，面对酒客的纷纷嘲笑，他却争辩说：“读书人的事，能算偷么？”并大谈“君子固穷”，也就是说，他要强调自己是“读书人”，是有身份的人，是国家、社会不可缺少的“君子”。鲁迅于是发现了：孔乙己的自我评价与前述社会大多数人对他的评价，也即孔乙己的实际地位之间，形成了强烈的反差。——在鲁迅看来，这也是孔乙己的悲剧所在。而我们却要问：这样的悲剧难道仅仅属于孔乙己一个人吗?

现在，我们终于明白：鲁迅为什么要选择“小伙计”作为叙述者。小伙计的特殊性在于，他既是酒店的一个在场者，又是一个旁观者；他可以同时把“被看者”（孔乙己）与“看客”（掌柜与酒客）作为观察与描写的对象，可以同时叙述孔乙己的可悲与可笑，掌柜与酒客的残酷与麻木。于是就形成了这样的关系：孔乙己被掌柜、酒客与小伙计（叙述者）看，掌柜、酒客又被小伙计看。

但进一步细读小说，我们又发现了小伙计在叙述故事的过程中，他与孔乙己、掌柜、酒客关系的微妙变化，以及他的角色的相应变化。开始，他确实是一个不相干的旁观者，但随着不断“附和着笑”（这是掌柜允许，甚至鼓励的），他的内心自我感觉与对孔乙己的态度，就逐渐发生了变化，终于出现了小伙计与孔乙己的这场对话：孔乙己既想在孩子面前炫耀一番，以获得些许慰藉，又不无好意地要教小伙计识字；而小伙计呢，开始心里想“讨饭一样的人，也配考我么？便回过脸去，不再理会”，继而“懒懒的答他”，最后“愈不耐烦了，努着嘴走远”。这位天真的小伙计就这样被酒客和掌柜同化，最终成为“看客”中的一个成员。——这也是小伙计自身的悲剧。

于是，我们发现：在小伙计的背后，还有一个“隐含作者”在“看”，不仅冷眼“看”看客怎样看孔乙己，而且冷眼“看”小伙计怎样看孔乙己和看客，构成了对小伙计与掌柜、酒客的双重否定与嘲讽。

同时发现的是，我们读者自己，在阅读小说过程中，自身立场、态度、情感的变化：开始，我们认同于叙述者，对孔乙己的命运采取有距离的旁观的态度；随着叙述的展开，隐含作者，他的眼光、情感逐渐显现、渗透，我们读者就逐渐与叙述者拉开距离，而靠拢、认同隐含作者，从孔乙己的可笑中发现了内在的悲剧，不但对掌柜、酒客，而且对小伙计的叙述也持批判、怀疑的态度，引起更深远的思考，甚至自我反省：我怎样看待生活中他人的不幸？我是不是也像小伙计这样逐渐被“看客”同化？——这也正是鲁迅的目的。

这样，在《孔乙己》里，就形成了一个复杂结构：先是孔乙己和掌柜、酒客之间，也即“小说人物”之间的“看 / 被看”；再是“叙述者”（小伙计）与小说人物（孔乙己、掌柜、酒客）之间的“看 / 被看”；最后是“隐含作者”与叙述者、小说人物之间的“看 / 被看”。实际上，“读者”在欣赏作品过程中，又形成与隐含作者、叙述者、小说人物之间的“看 / 被看”。在这样的多层结构中，同时展现着孔乙己、酒客与掌柜、小伙计三种不同形态的人生悲喜剧，互相纠结，渗透，影响，撞击。作者，叙述者，人物与读者处于如此复杂的关系中，就产生了繁复而丰富的情感与美感。但我们感到惊异的是，全篇的文字却极其简洁，叙述十分舒展，毫无逼促之感。而这样“从容不迫”并不意味着简陋，而是寓“繁复”于“简洁”之中，寓“紧张”于“从容”之中，确实是一个很高的艺术境界。

二、读《示众》

1938年西南联大中文系开设“大一国文”课，并着手编辑《大一国文读本》，经过三番修订，于1942年定稿。这本篇幅不大的《读本》在中国现代教育史与文学史上却有着不一般的意义：《读本》选了十五篇文言文，十一篇语体文（即今天所说的白话文），这是新文学作品第一次进入大学课堂，成为与古代经典平起平坐的现代经典。这是一个重要的标志：在“五四”新文化运动中诞生的现代文学经过二十年的努力，终于在中国扎下了根，成为中国文化传统的有机组成部分。我们感兴趣的是，在这批最初确定的现代文学经典中，有两篇鲁迅的作品，一篇是《狂人日记》，另一篇就是《示众》。①

选《狂人日记》大概不会有什么争议，今天的中学语文课

① 参看姚丹：《西南联大历史情境中的文学活动》，135—140页，广西师范大学出版社2000年版。

本也选了这篇中国现代文学的开山之作；选《示众》却显示了编选者的眼光，因为它很容易被忽视，也很少进入各种鲁迅小说的选本，更不用说教材，以至今天的读者对它已经陌生了。忽视的原因大概是它太不像一篇小说了：竟然没有一般小说都会有的故事情节、人物刻画、景物描写、心理描写，也没有主观抒情与议论。小说中所有的人都没有名字，只有外形特征简洁的勾勒，如“猫脸的人”“赤膊的红鼻子胖大汉”之类。这样，老师们或者批评家们要讲“小说是什么”，遇到《示众》就相当麻烦了：它完全不符合文学教科书上关于“小说”的定义。

但这“不符合”恰恰是鲁迅的自觉追求。鲁迅在文学创作上，是最强调自由无羁的创造的；他一再声明，他的写作是为了写出自己想要表达的意思，至于采用什么写作方法，只要“对于我的目的，这方法是适宜的”就行了，[1]而从不考虑它是否符合某种既定的规范。比如，鲁迅最喜欢写杂文，有的批评家就出来大加砍削，“说这是作者堕落的表现，因为既非诗歌小说，又非戏剧，所以不入文艺之林”。鲁迅回答说：他和杂文作者的作文，“没有一个想到‘文学概论’的规定，或者希望文学史的位置的，他以为非这样写不可，他就这样

① 鲁迅：《我怎么做起小说来》，《鲁迅全集》4卷，512页。

写，因为他只知道这样的写起来，于大家有益”。鲁迅同时断言：“杂文这东西，我却恐怕要侵入高尚的文学楼台去的。”[①]没有的东西，我们可以自己创造出来，而只要是真正有价值的创造，终是会得到历史的承认的。鲁迅后来写《故事新编》，也自称他所写的“不足称为‘文学概论’之所谓小说”。[②]那么，我们也可以说，《示众》正是一篇“不足称为‘文学概论’之所谓小说”的小说吧。

但这样说，又是有一定的限度的。因为随着小说写作实践的发展，小说理论也在不断发展。像《示众》这样的小说，在打破既定的小说规范的同时，也在创造新的小说范式。其实《示众》对故事情节的忽略，对人物个性化性格刻画的放弃，甚至取消姓名而将小说中的人物“符号化”，这都是有意为之的。引起鲁迅创作冲动的，是人的日常生活中的某些场景与细节，以及他对于这些具体的场景、细节背后所隐藏着的人的存在、人性的存在、人与人的关系的深度追问与抽象思考。这就是说，鲁迅是有自己的把握世界的方式和思维（包括艺术思维）方式的：他对人的生存的现象形态（特别是生活细节）

---

① 鲁迅：《徐懋庸作〈打杂集〉序》，《鲁迅全集》6卷，290—291页。

② 鲁迅：《〈故事新编〉序言》，《鲁迅全集》2卷，342页。

有极强的兴趣和高度敏感——这是一个文学家的素质；但同时，他又具有极强的思考兴趣与思想穿透力，他总能达到从现实向思想，从现象到精神，从具象向抽象的提升与飞跃——这正是一个思想家的素质；而他又始终保持着极强的形象记忆的能力，因而总能把具象与抽象有机地结合起来，在他的创作中，每一个具象的形象（人物，场景，细节等等）都隐含着他对人的生命存在，特别是现代中国人的生存困境的独特发现与理性认识。这样，鲁迅的小说就具有了某种隐喻性，涂上了鲜明的象征色彩。而《示众》正是以强烈的象征性而成为鲁迅小说的代表作之一；20世纪80年代和90年代出现的中国象征化的先锋小说，如果要追根溯源，是不能忘记《示众》的：它可以说是20年代的中国实验小说，先锋小说。——至于《示众》的象征意义，我们将在读完全篇以后再作详细讨论。

而且《示众》的小说实验是多方面的。40年代汪曾祺在谈到短篇小说的写作时，曾这样写道："希望短篇小说能够吸收诗、戏剧、散文一切长处，而仍旧是一个它应当是的东西，一个短篇小说。"[①]实际上吸收其他文体的长处，而仍然是短篇小说的实验，在鲁迅这里早就开始了。《示众》即是吸纳绘画、摄影，以至电影的手法的一次自觉的尝试——鲁迅曾说他

① 汪曾祺：《短篇小说的本质》，《汪曾祺全集》3卷，29页。

的《故事新编》多是“速写”，[1]《示众》也是可以称为“速写”的，它给人印象最深的就是强烈的画面感，整篇小说都是可以转化为一幅幅街头小景图，或一个个电影镜头的组合的。我们也就试着用这样的方法来解读这篇小说。

（街景一）作为首善之区的北京，西城，一条马路。

火焰焰的太阳。

许多的狗，都拖出舌头。

树上的乌老鸦张着嘴喘气。

远处隐隐有两个铜盏相击的声音，懒懒的，单调的。

脚步声。车夫默默地前奔。

“热的包子咧！刚出屉的……。”

十一二岁的胖孩子，细着眼睛，歪了嘴叫，声音嘶哑，还带着些睡意。

破旧桌子上，二三十个馒头包子，毫无热气，冷冷地坐着。

【点评】几个细节，几个特写镜头，写尽了京城酷夏的闷

① 鲁迅：《〈故事新编〉序言》，《鲁迅全集》2卷。

热，更隐喻着人的生活的沉闷，懒散，百无聊赖，构成一种生存环境的背景，笼罩全篇，也为下文做铺垫。

注意“远处隐隐有两个铜盏相击的声音”。——因此而“忆起酸梅汤，依稀感到凉意”，却使那热气更难以忍受；默默无声中突然出现“懒懒的单调的金属音”，却“使那寂静更其深远”。

馒头包子“毫无热气，冷冷地坐着”，这是神来之笔：“热”中之“冷”，意味深长。

有了以上这两笔，作者所要渲染的“闷热”及其背后的意蕴，就显得更加丰厚。

胖孩子像反弹的皮球突然飞跑过去——

（街景二）马路那一边。

电杆旁，一根绳子，巡警（淡黄制服，挂着刀）牵着绳头，绳的那头拴在一个男人（蓝布大衫，白背心，新草帽）背膊上。

胖孩子仰起脸看男人。

男人看他的脑壳。

围满了大半圈的看客。

秃头的老头子。

赤膊的红鼻子胖大汉。

第二层里从两个脖子间伸出一个脑袋。

秃头弯了腰研究那男人白背心上的文字："嗡，都，哼，八，而，……"

白背心研究这发亮的秃头。

胖孩子看见了，也跟着去研究。

光油油的头，耳朵边一片灰白的头发。

【点评】这根绳子非同小可：当年（1925年）小说一发表，就有人指出：《示众》的作者用一条绳，将似乎毫无关系的巡警和白背心联系在一起；实际上"这条绳是全篇主题的象征"："一个人存在着，就是偶然与毫不相干的人相遇，也要发生许多关系，而且常反拨过来影响于自己"。[①]这篇小说正是要讨论中国人的存在方式及其相互关系。

注意：第一次出现"看客"的概念；第一次出现"看"的动作，而且是一面"看别人"，一面"被别人看"。——这都将贯穿全篇。

又掷来一个"皮球"——

① 孙福熙：《我所见于〈示众〉者》，原载1925年5月11日《京报副刊》。收《鲁迅研究学术论著资料汇编》第1集，93页，中国文联出版公司1985年版。

（街景三）一个小学生向人丛中直钻进去。

雪白的小布帽。一层又一层。

一件不可动摇的东西挡在前面。

抬头看。

蓝布腰上一座赤条条的很阔的背脊，背脊上汗正在流下来。

顺着裤腰运行，尽头的空处透着一线光明。

一声“什么”，裤腰以下的屁股向右一歪。

空处立刻闭塞，光明不见了。

巡警的刀旁边钻出小学生的头，诧异地四顾。

外面围着一圈人。上首是穿白背心的，对面是一个赤膊的胖小孩，胖小孩背后是一个赤膊的红鼻子的胖大汉。

小学生惊奇而且佩服似的只望着红鼻子。

胖小孩顺着小学生的眼光回头望去。

一个很胖的奶子，奶头四近有几根很长的毫毛。

【点评】“看”之外又有了“钻”“挡”“塞”，这都能联想起人与人的关系。20世纪30年代鲁迅连续写过《推》《踢》《爬和撞》（均收《准风月谈》），可参看。

“很胖的奶子，……很长的毫毛”，可谓丑陋不堪，可见厌恶之至。——似乎旁边还有一个作者在“看”。

“他，犯了什么事啦？……”

大家愕然回看——

（街景四）一个工人似的粗人低声下气请教秃头。

秃头不作声，单是睁起了眼睛看定他。

他被看得顺下眼光去，过一会再看。

秃头还是睁起了眼睛看定他。

别的人也似乎都睁了眼睛看定他。

他犯了罪似的溜出去了。

一个挟洋伞的长子补了缺。

秃头旋转脸继续看白背心。

背后的人竭力伸长脖子。一个瘦子张大嘴，像一条死鲈鱼。

【点评】连续三个“睁了眼睛看定”，写出了这类群体的“看”的威力：所形成的无形的精神压力会使人自己也产生犯罪感，尽管原本是无辜的。

“一条死鲈鱼”的比喻显然有感情色彩——又是作者在“看”。

巡警，突然间，将脚一提——

（街景五）大家愕然，赶紧看他的脚。

然而他又放稳了。

大家又看白背心。

长子擎起一只手拼命搔头皮。

秃头觉得背后不太平，双目一锁，回头看。

一只黑手拿着半个大馒头正在塞进一个猫脸的人的嘴里，发出唧咕唧咕的声响。

忽然，暴雷似的一击，横阔的胖大汉向前一跄踉。

同时，从他肩膊上伸出一只胖得不相上下的臂膊，展开五指，打在胖孩子脸颊上。

“好快活！你妈的……”胖大汉背后一个弥勒佛似的更圆的胖脸这么说。

胖孩子转身想从胖大汉腿旁钻出。

“什么？”胖大汉又将屁股一歪。

胖小孩像小老鼠落在捕机里似的，仓皇了一会，突然向小学生奔去，推开他，冲出去了。

小学生返身跟去。

抱小孩的老妈子忙于四顾，头上梳着的喜鹊尾巴似的

"苏州俏"碰了车夫的鼻子。

车夫一推，推在孩子身上。

孩子转身嚷着要回去。

老妈子旋转孩子使他正对白背心，指点着说："阿，阿，看呀！多么好看哪！……"

挟洋伞的长子皱眉疾视肩后的死鲈鱼。

秃头仰视电杆上钉着的红牌上四个白字，仿佛很有趣。

胖大汉和巡警一起斜着眼研究。

老妈子的钩刀般的鞋尖。

【点评】看客群开始骚动，"形势似乎总不甚太平了"，彼此关系也紧张起来：又出现了"击""打""跄踉""推""冲""碰""嚷"等等，还有"小老鼠落在捕机里似的""仓皇"感。

然而，老妈子还在指点孩子："阿，阿，看呀！多么好看哪！……"

注意关于"看"的词语："四顾""疾视""仰视""斜着眼研究"。

"斜着眼研究"（不说"看"，说"研究"，很有意思）什么？"老妈子的钩刀般的鞋尖"——客观的呈现中，可以感到讥讽的笑：作者始终在冷眼旁观。

“好！”什么地方忽有几个人同声喝彩，一切头全都回转去——

（街景六）马路对面。

“刚出屉的包子咧！荷阿，热的……。”胖孩子歪着头，瞌睡似的长呼。

车夫默默地前奔，似乎想逃出头上的烈日。

相距十多家的路上，一辆洋车停放着，车夫正在爬起来。

圆阵散开，大家错错落落走过去看。

车夫拉了车就走。

大家惘惘然目送他。

起先还知道那一辆是曾经跌倒的车，后来被别的车一混，知不清了。

【点评】看客们总是不断寻找新的刺激。但这回车夫摔倒爬起来就走，没有给他们“看”（赏鉴）的机会，终于“惘惘然”了。

（街景七）几只狗伸出了舌头喘气。

胖大汉在槐阴下看那很快地一起一落的狗肚皮。

老妈子抱了孩子从屋檐阴下蹩过去。

胖孩子歪着头，挤细了眼睛，拖长声音，瞌睡似的叫喊——

“热的包子咧！荷阿！……刚出屉的……。”

【点评】没有可看的，就看“一起一落的狗肚皮”——人的无聊竟至于此。

以胖小孩“带着睡意”的叫卖开始，又以胖小孩“瞌睡地叫喊”结束，刚才发生的一切不过是一个小插曲，生活又恢复常态：永是那样沉闷，懒散与百无聊赖。

现在我们可以做一点小结：小说中所有的人只有一个动作：“看”；他们之间只有一个关系：一面“看别人”，一面“被别人看”，由此而形成一个“看 / 被看”的模式。鲁迅在《娜拉走后怎样》的演讲里，曾有过一个重要的概括：“群众——尤其是中国的，——永远的戏剧的看客。”[①]中国人在生活中不但自己作戏，演给别人看，而且把别人的所作所为都

① 鲁迅：《娜拉走后怎样》，《鲁迅全集》1卷，163页。

当作戏来看。看戏（看别人）和演戏（被别人看）就成了中国人的基本生存方式，也构成了人与人之间的基本关系。——所谓“示众”所隐喻的正是这样一种生存状态：每天每刻，都处在被“众目睽睽”地“看”的境遇中；而自己也在时时“窥视”他人。

《示众》还揭示了人与人关系中的另一方面：总是在互相“堵”“挡”“塞”着，挤压着他人的生存空间；于是就引起无休止的争斗：“打”着，“冲”着，“撞”着，等等。

这样，没有情节，也没有人物姓名的《示众》，却蕴含着如此深广的寓意，就具有了多方面的生长点，甚至可以把鲁迅《呐喊》《彷徨》《故事新编》里的许多小说都看作是《示众》的生发和展开，从而构成一个系列，如《呐喊》里的《狂人日记》《孔乙己》《药》《明天》《头发的故事》《阿Q正传》，《彷徨》里的《祝福》《长明灯》，《故事新编》里的《理水》《铸剑》《采薇》等等。在这个意义上，我们可以把《示众》看作是鲁迅小说的一个“纲”来读。

在细读的过程中，我们除了感到整篇小说丰厚的“象征性”，同时也会感到其细节的生动与丰富，有极强的“具象性”与“可感性”。前引那篇最早的评论文章即举“许多狗都拖出舌头来，连树上的乌老鸦也张着嘴喘气”为例，极力赞扬鲁迅的描写的艺术力量："如铁笔画在岩壁上"。[1]鲁迅曾经盛赞俄国作家安特来夫的小说"使象征印象主义与写实主义相调和"。[2]其实他的《示众》也是这样的作品。我觉得他的这一实验特别是为短篇小说的创作提供了很好的经验。我们知道，短篇小说写作最大的困难之处（也是最有魅力之处）就在于如何在"有限"中表现"无限"。记得当代短篇小说家汪曾祺、林斤澜都说过，要用"减法"去写短篇小说。《示众》连情节、人物性格、景物描写与心理描写都"减"去了，只剩下寥寥几笔，但却腾出空间，关节点做几处细描，让读者铭记不忘，更留下空白，借象征暗示，引起读者联想，用自己的生活经验，生命体验与想象去补充，发挥，再创造，取得"以一当十"的效果。

我曾经说过，鲁迅有两篇小说是代表20世纪中国短篇小说艺术最高水平的，《孔乙己》之外就是《示众》。

---

① 孙福熙：《我所见于〈示众〉者》，载1925年5月11日《京报副刊》，收《鲁迅研究学术论著资料汇编》第1卷，94页，中国文联出版公司1985年版。

② 鲁迅：《〈黯淡的烟霭里〉译后》，收《鲁迅全集》10卷。

三、读《在酒楼上》

在鲁迅的小说中，按“从容”的审美标准，哪些小说是符合的呢？当然首先是《孔乙己》。这是鲁迅自己点到的。学术界很多朋友，包括我自己在内，觉得还有一篇小说也能够体现一种从容的美，这就是《彷徨》里的《在酒楼上》。

鲁迅气氛

《在酒楼上》除了让人感觉到从容的美之外，周作人对它做了一个很有意思的评价。1956年，香港报人曹聚仁到北京访问周作人。他们在交谈时彼此问最喜欢的鲁迅小说是哪一篇，曹聚仁说他最喜欢《在酒楼上》。周作人欣然同意。他说他也认为鲁迅小说写得最好的是《在酒楼上》。然后曹聚仁问周作人为什么认为《在酒楼上》写得最好，周作人说：“《在酒楼上》是一篇最富鲁迅气氛的小说。”[1]这里实际上提供了一个很重要的概念，就是“小说的气氛”。周作人对“气氛”还有一种类似的说法，叫“气味”，就是“味道”。周作人说，写文章要追求“物外之言，言中之物”。“物”指思想，“言”指文词。评价一个作品，要看思想，要看文词。但周作人认为除了思想、文词之外，还有“气味”，[2]小说的气味，文章的气味。“气味”说起来好像很神秘，其实很简单。比如说，一个人身上，有大蒜气，有羊膻气，还有人有油滑气，是有味道的，文章也同样有味道，有“气”，或者叫“气氛”。我觉得非常有意思的是，“气味”在周作人这里也是一个审美标准。我理解“气味”，就是我们通常讲的“调子”。我觉得“气氛”啊，“调子”啊，“气味”啊，“味道”啊，都差不多一个意思，就是指作者的叙述语调、小说营造的整体气氛，这都是作家内在气质的体现。是作者的内在气质外化为小说的一种调子或一种氛围。

---

① 曹聚仁：《与周启明先生》。

② 周作人：《〈杂拌儿之二〉序》，《周作人自编文集·苦雨斋序跋文》，120页，河北教育出版社2005年版。

魏晋情结

周作人说《在酒楼上》是最富鲁迅气氛的小说，那么“鲁迅气氛”是什么呢？我们要理解《在酒楼上》怎样体现鲁迅的气氛或鲁迅的味道、鲁迅的调子的话，需要把这个问题再往前推，推到鲁迅在写《呐喊》《彷徨》这些小说之前的精神状态，他的一种准备。我们知道鲁迅是1918年写《狂人日记》的；在此之前，他1908年在日本写了半篇文章——《破恶声论》，这之后到1918年写《狂人日记》，有十年的沉默。这十年沉默孕育了他后来的小说和一系列杂文。我们如果要把“五四”时期鲁迅的《呐喊》《彷徨》弄清楚，必须追溯到沉默的十年他在干什么，那十年里他的心境、他的情绪、他的情感，等等。所以接下来需要讨论一个沉默十年的鲁迅。怎样去接近沉默的十年他的内心世界？

鲁迅在《〈呐喊〉自序》里，有一段话讲到他在十年的情况。他先说当年在日本开始准备从事文学运动时，登高一呼，却没有人响应，觉得非常寂寞，他说：“这寂寞又一天一天的长大起来，如大毒蛇，缠住了我的灵魂了。”这十年的鲁迅，他的内心首先是被寂寞的大毒蛇所缠绕。然后他说：“只是我自己的寂寞是不可不驱除的，因为这于我太痛苦。我于是用了种种法，来麻醉自己的灵魂，使我沉入于国民中，使我回到古代去。……我的麻醉法却也似乎已经奏了功，再没有青年时候的慷慨激昂的意思了。”我注意到这里有两个中心词，最能体现鲁迅这时候的心境：一个是前面说到的“寂寞”，另一个是“麻醉”。

“麻醉”是什么意思？他为什么要麻醉？还有，他说“我沉入于国民中”，“回到古代去”，又是什么意思？他这十年主要工作是抄古书，在绍兴会馆的大槐树底下，整天抄古书。为什么抄古书呢？他说：“此非求学，以代醇酒妇人者也。”[①]以抄书来代替喝酒和妇人。这是什么意思呢？中国古代文人在感到非常痛苦的时候，常常饮酒，或者到妓院寻求解脱。鲁迅以抄书来代替“醇酒妇人”，这是为什么？什么样的背景使鲁迅这么做呢？周作人在《鲁迅的故家》里回忆说，那正是鲁迅在北京教育部工作的时候，也正是袁世凯要称帝的时候。袁世凯为了称帝，他派的特务密布北京城，监视官员，就像当年的东厂特务一样。当时在北京做官的人都非常紧张。他们以各种方法来韬晦，以求得安全。鲁迅没钱，他既不能喝

① 鲁迅：《致许寿裳》，《鲁迅全集》11卷，335页，人民文学出版社2005年版。

酒，又不能去玩女人，那么，他只能抄书。抄书是避文祸。这很自然地使我们联想起中国历史上的魏晋时代。鲁迅当时的心理、情感、处境非常接近魏晋文人。

我们再进一步追问：鲁迅抄什么古书呢？据研究发现，这段时间他抄的古书主要有两个特点：一、书的作者是魏晋时代的人物；二、他们都是绍兴人，都是鲁迅故乡的浙东人。当时的外在环境类似于魏晋时代，他要避文祸，就借抄书和魏晋时代的浙东人接触，有一种心灵的沟通。由此我们知道鲁迅所说“回到古代”是什么意思，回到哪里去？回到魏晋时代去。“沉入于国民中”，沉入到哪里去？沉入到浙东地区——他的家乡的老百姓当中去。在这十年里，为避文祸，鲁迅和古代的魏晋人，以及他家乡浙东的老百姓有一种心灵的交流。学术界因此有人认为鲁迅有一种魏晋情结和浙东情结。也就是说，鲁迅是带着魏晋情结和浙东情结开始他的创作的。或者说，他是带着魏晋情结和浙东情结加入到“五四”新文化运动中去。

因此，我们可以说，《呐喊》《彷徨》的写作是鲁迅这十年郁结于心的民间记忆和魏晋情结的一次喷发。当“五四”时期他终于拿起笔来写作的时候，首先奔涌于笔端的人物，是《狂人日记》里“狼子村的佃户”、《药》里的“华大妈”、《故乡》里的“闰土”、《阿Q正传》里的“阿Q”，都是浙东的老百姓。故乡的民间记忆和内心的魏晋情结在他的笔端流淌。我们今天要着重讨论的《在酒楼上》和《孤独者》这两篇小说，最集中地体现了鲁迅在沉默十年里的魏晋情结。下面，我们就这两篇小说来做比较具体的文本分析。

《在酒楼上》：漂泊或坚守

现在我们一起来读《在酒楼上》这篇小说。小说开头是这样写的：“我从北地向东南旅行，绕道访了我的家乡，就到S城。……深冬雪后，风景凄清，懒散和怀旧的心绪联结起来，我竟暂寓在S城的洛思旅馆里了。”当他向旅馆的窗外看去，“上面是铅色的天，白皑皑的绝无精彩，而且微雪又飞舞起来了……我于是立即锁了房门，出街向那酒楼去”。“我”走到酒楼，楼上“空空如也”，一个熟人也没有。只好在靠窗的桌子旁坐下来，“眺望楼下的废园”。“‘客人，酒。……’堂倌懒懒地说着，放下杯、筷、酒壶和碗碟，酒到了。”然后“我”一个人孤独地斟酒，孤独地喝酒。“我”“觉得北方固不是我的旧乡，但南来又只能算一个客子，无论那边的干雪怎样纷飞，这里的柔雪又怎样的依恋，于我都没有什么关系了。”

在《在酒楼上》开头这一段，我们看到了什么？我们看到了微雪，看到废园、酒和文人。这微雪、废园、酒和文人，使我们回到魏晋时代。这是典型的魏晋时代的风景，你还感受到一种懒散、凄清的气氛，以及随之蔓延而来的驱之不去的漂泊感，这恐怕正是魏晋时代的气氛，却也是现实鲁迅所感到的。这是一种刻骨铭心的漂泊感：“北方不是我的旧乡，南来也只能算是客人”，找不到自己的归宿。

在这样一个背景下，在微雪、废园和酒中，小说的主人公出现了。开始我们只听见声音：“那脚步声比堂倌的要缓得多”，缓缓地、沉沉地走过来。“我”抬头一看，觉得非常吃惊，原来是一个当年的老同学，但“很不像当年那样敏捷精悍的吕纬甫”。小说主人公吕纬甫出现了。“但当他缓缓的四顾的时候，却对废园忽地闪出我在学校时代常常看见的射人的光来。”吕纬甫给我们的第一印象，是很沉静、很颓唐的，但突然又显示出一种闪亮的、射人的眼光，这种风采使我们想起魏晋风度。魏晋文人就是这样：既是颓唐、懒散的，同时又突然散发出一种射人的光彩。看见吕纬甫，我们很自然地会想起魏晋时代的嵇康和阮籍。首先注意到的，他的颓唐，很像魏晋时代的刘伶；但这样在颓唐中的突然闪光，更像嵇康和阮籍。

吕纬甫给“我”讲了两个故事。我们来看第一个故事。“我”问吕纬甫到这里来做什么，吕纬甫说：“为了无聊的事。”什么事呢？他说：“我曾经有一个小兄弟，是三岁上死掉的，就葬在这乡下。我连他的模样都记不清楚了。……今年春天，一个堂兄来了一封信，说他的坟边已经渐渐地浸了水，不久坟怕要陷入河里去了，须得赶紧去设法。母亲一知道就很着急，几乎几夜睡不着。”所以奉母亲之命来这里迁葬。接下来我们看看吕纬甫怎样叙述迁葬的故事：“我当时忽而很高兴，愿意掘一回坟，愿意一见我那曾经和我很亲睦的小兄弟的骨殖：这些事我生平都没有经历过。到得坟地，果然，河水只是咬进来，离坟已不到二尺远。可怜的坟，两年没有培土了，也平下去了。我站在雪中，决然地指着它对土工说，‘掘开来！’我实在是个庸人，我这时觉得我的声音有点稀奇，这命令也是一个在我一生中最为伟大的命令。但土工们毫不骇怪，就动手掘下去了。待到掘着圹穴，我便过去看，果然，棺木已经快要烂尽了，只剩下一堆木丝和小木片。我的心颤动着，自去拨开这些，很小心地，要看一看我的小兄弟。然而出乎意外！被褥，衣服，骨骼，什么也没有。我想，这些都消尽了，向来听说最难烂的头发，也许还有罢。我便伏下去，在该是枕头所在的泥土里仔仔细细地看，也没有。踪影全无！”“其实，这本已可以不必再迁，只要平了土，卖掉棺材，就此完事了的。……但我不这样，我仍然铺好被褥，用棉花裹了些他先前身体所在的地方的泥土，包起来，装在新棺材里，运到我父亲埋着的坟地上，在他坟旁埋掉了。……这样总算完结了一件事，足够去骗骗我的母亲，使她安心些。”

我们仔细地来分析这一段吕纬甫的叙述。不知道读者朋友有什么感觉，我说说我的直观感觉：这样的叙述还是很感人的。吕纬甫对他小兄弟的感情是很深的：墓里什么都没有了，还想仔细找头发。由此可以看到他对小兄弟和他的母亲，有一种浓浓的亲情。这浓浓的亲情让人感动。但另一方面，这样的叙述又让人觉得很惊诧，比如，为什么他说“‘掘开来’这句话是他一生中最伟大的命令”呢？还有，一再强调坟掘开以后什么也没有：“消尽”，“踪影全无”，这又为什么呢？这就使人感觉到，在这样一个充满人情味的故事背后，好像又隐藏着什么。也就是说，这小兄弟的“坟”是一种隐喻。隐喻什么呢？隐喻着一种已经逝去的生命。对于吕纬甫来说，他这次不仅仅给小兄弟掘坟，而且是对已经消失的生命的一种追踪。所以在他感觉中，这是他一生中最伟大的命令。而追踪的结果是“无”。这个“无”就是典型的鲁迅的命题。但是，尽管明知“踪影全无”，还是要开掘；明知是“骗”，“我”还是要去迁葬。

其实这里让我感动的不仅仅是一种人情味，对亲兄弟、对母亲的亲情，更重要的是对已经逝去的生命的追踪和眷恋。鲁迅在《写在〈坟〉后面》说了类似的话："这不过是我的生活中的一点陈迹"，"我的生命的一部分，就这样地用去了。……总之：逝去，逝去，一切一切，和光阴一同早逝去，在逝去，要逝去了。"这一段话和上述描写是互相联系的，都是表现了对正在消失的、将要消失的、已经消失的生命的一种眷恋。鲁迅在《写在〈坟〉后面》最后引用了晋代大诗人陆机悼念曹操的诗句："嗟大恋之所存，故虽哲而不忘。"这里正表现了和魏晋文人的精神相通。魏晋那些人表面的放达，掩盖不住他们对生命的深情的眷恋。

因此，吕纬甫实际上是鲁迅生命的一个部分。过去我们分析《在酒楼上》，吕纬甫是被当作一个被批判、被否定的对象。实际上这是不对的，他其实是鲁迅生命的一个部分。在吕纬甫身上，集中了鲁迅对生命的眷恋之情。而这种浓浓的人情味，对生命的眷恋之情，在鲁迅的著作中一般不大看得到，鲁迅不大轻易表露他复杂的情感。但正因为这样，吕纬甫的形象就具有非常特殊的重要的意义。

同时我们要注意到，"我"也是鲁迅的一个部分。小说中的叙述者“我”和主人公吕纬甫，是鲁迅生命的两个侧面，都是鲁迅生命的外化。所以，“我”和吕纬甫的对话实际上是鲁迅生命的自我对话。这两个声音都是鲁迅自己的。

值得注意的是，吕纬甫是在“我”的注视之下叙述故事的。这就使我们想到鲁迅在谈到陀思妥耶夫斯基的小说时说过：作家既是伟大的犯人，同时也是伟大的审问者。[①]小说里这两个人物是鲁迅两个自我的外化，也正好扮演了“伟大的审问者”和“伟大的犯人”两个角色。吕纬甫一方面作为“伟大的犯人”，他在“我”的审视之下；但同时他有意无意地也揭开了他内心的美好的东西。而作为“审问者”的“我”，一方面在逼审“犯人”，另一方面，在“犯人”的陈述面前他也感到自身的一些问题，从而引起自身的反省和自我审问。两种声音在互相撞击。每个人都是审问者，每个人都是犯人。这个撞击过程，其实是鲁迅和与他类似的知识分子的灵魂的拷问。

我们进一步追问：这种自我审问和自我陈述，表明鲁迅这样的知识分子存在着哪些矛盾？这就需要对吕纬甫和“我”做进一步的分析。“我”在小说里是体现了鲁迅哪方面的特点。

“我”是一个漂泊者，他为什么从北方跑到南方？他还在

① 鲁迅：《〈穷人〉小引》，《鲁迅全集》7卷，106页，人民文学出版社2005年版。

追寻，还怀着年轻时候的梦想在追寻，四处奔波。所以“我”是一个漂泊者的形象。一方面，漂泊者的执着追寻表现出一种价值，但同时他有一种困惑：永远找不到自己的归宿。而吕纬甫呢？在现实的逼迫下他已经不再做梦了，已经回到现实的日常生活中，他成了大地的坚守者。他所关注的不再是理想的梦，他所能做的是一些有关家族伦理的琐碎的小事，如为小兄弟迁坟，是日常生活中必须做、非常琐碎，也没有多大意义的事情。还有像邻居死了，他去送礼。在现实生活中，必须有些妥协。所以，当年反抗孔孟之道的吕纬甫仍旧在教“子曰诗云”，教《女儿经》。他有他内心的苦闷。他回到那样的生活中，他获得了浓浓的人情味，但是他不能摆脱当年的梦想的蛊惑。他感到一种深深的内疚：当年的梦破灭了，“飞了一个小圈子，便又回来停在原地点”。吕纬甫和“我”互相审视的时候，都有一种非常复杂的情感。从“我”的角度来看吕纬甫，“我”作为一个漂泊者，“我”感觉到生活没有归依，没有落脚点，因此“我”对吕纬甫叙述中表达出的普通老百姓的人情味感到很羡慕，但同时“我”也看到了他生活的平庸，因此引起“我”的警觉。而吕纬甫面对着“我”，他虽然看到了漂泊者存在的问题，但是“我”还在追寻，还在追逐当年的梦想，所以吕纬甫在“我”面前感到惭愧，感到一种压力。

这就是漂泊者和坚守者的两种生命存在的形态。两种形态各有自己的价值，同时也有自己的困惑。鲁迅在这两种选择中犹豫。这两个人物都有鲁迅的影子。说得更准确点，这两个人物既有鲁迅，鲁迅同时又跳出来了，鲁迅既在其中，又在其外。鲁迅对两者都有所依恋，有所肯定，但同时都有所质疑。

这样的复杂叙事的小说并没有一个明确的价值判断。过去对这篇小说解释得过于简单："我"是代表正确的"五四"精神的，吕纬甫是背叛"五四"精神的。鲁迅的态度是很复杂的。他到底是肯定"我"呢，还是肯定吕纬甫？他没有明确表态。这里表现出人类心理的根本性矛盾：漂泊还是坚守？

因此，面对这样没有明确价值判断的非常复杂的文本，我们读者就会做出不同的反应。这就决定于你自己是怎么样的一种状况。假如你是一个漂泊者，你就可能对吕纬甫更同情。坦白地说，我自己就属于漂泊者，还在做梦，还在追寻，我就非常羡慕吕纬甫那种普通老百姓日常生活中所表现出的人情味，这是我的生活中所缺少的。但是如果你是一个坚守者，吕纬甫对你是一个记忆，当你感到生活的无聊和乏味的时候，你就会对吕纬甫引起一种警觉，对"我"反而有一种羡慕之情。读鲁迅这样的小说，每个读者都可以把自己的生命体验加入其中，从而使得小说文本更加丰富。每个读者都不是被动的，而是以自己的生命体验加入到对小说的再创造中去。所以，我们体会到鲁迅的小说作为“开放的文本”的特点：他自己的价值判断是非常复杂的，充满矛盾的，但提出的问题是带有根本性的。在我看来，漂泊和坚守，恐怕是所有人都会面临的一个很艰难的选择。鲁迅这种复杂的表达，使读者有创造的可能性。我想，这就是鲁迅小说的魅力之所在。

四、读《孤独者》

据胡风的回忆，鲁迅曾经直言不讳地对他说：《孤独者》“那是写我自己的”。[1]小说的叙述者“我”，名字叫申飞，正是鲁迅曾经用过的笔名。鲁迅很少公开说哪部小说是写他自己。但对于《孤独者》，他说这小说是写他自己。鲁迅给小说主人公魏连殳画了一幅像：“他是一个短小瘦削的人，长方脸，蓬松的头发和浓黑的须眉占了一脸的小半，只见两眼在黑气里发光。”这个形象非常像鲁迅的自我画像。这使我想起许广平对鲁迅的一个回忆，当时许广平是鲁迅在北师大的学生，而鲁迅是名作家，学生们对他有很高的期待，想看看这名作家究竟是什么样子。“突然，一个黑影子投到教室里来了”，“大约两寸长的头发，粗而且硬，笔挺地竖立着，真像

① 胡风：《鲁迅先生》，《胡风全集》7卷，65页，湖北人民出版社1999年版。

怒发冲冠的样子。”[①]一身全黑的鲁迅和魏连殳非常相像，可以说魏连殳是鲁迅的自画像。那么，我们就来看看“孤独者”魏连殳到底揭示了鲁迅的哪一个侧面。

小说开头非常特别，是一段很有意味的话：“我和魏连殳相识一场，回想起来倒也别致，竟是以送殓始，以送殓终。”这是一个暗示：死亡的轮回的阴影将笼罩着整篇小说。

小说开始就写魏连殳跟祖母一起生活。这祖母不是亲生的，而是他父亲的继母。魏连殳的奔丧引起当地老百姓、他的同族很大的惊骇，因为他是著名的洋学堂里出来的异端人物。大家很紧张，这样的人回来，能不能按传统的规矩来办事呢？在魏连殳回来之前，他们就商量好，要提三大条件：第一，必须穿孝服；第二，必须跪拜；第三，必须请和尚道士。没想到魏连殳毫不犹豫，全部答应了：可以完全按旧规矩办事。而且他在装殓祖母的时候非常耐心。大家知道，按中国农村的习俗，装殓的时候别人是会挑剔的，看子孙孝不孝。魏连殳显得非常耐心，出人意料，大家很满意。但有一点不大对劲：大家在哭的时候，他却不哭，弄得大家都不舒服。但是，等大家都不哭的时候，魏连殳“还坐在草荐上沉思。忽然他流下泪来

---

① 许广平：《鲁迅和青年们》，《鲁迅回忆录》（上册），344页，北京出版社1999年版。

了，接着就失声，立刻又变成长嚎，像一匹受伤的狼，当深夜在旷野中嗥叫，惨伤里夹杂着愤怒和悲哀”。

这样一个魏连殳，很自然地又使我们想起魏晋时代的一个人——阮籍。《晋书》上记载，阮籍母亲死的时候，他在跟别人下棋。有人来叫他，说你母亲死了，赶紧走吧。他说不，就开始饮酒，饮完酒之后，“举声一号，吐血数升”。他说那些都是假俗之人。这个细节和魏连殳哭祖母的细节非常接近。这使我想起鲁迅对阮籍的评价。鲁迅说，阮籍这个人表面是反礼教的，其实他是最守礼的。[①]魏连殳就是这样的人。为什么魏连殳那么爽快地答应要穿孝服，要磕头，要请和尚道士？为什么他那么耐心地装殓？原来他是最孝顺的。他是真孝，真守礼，而不是假礼，不是表演。倒是那些拼命哭的人可能是一种表演。正如鲁迅所说，口头上大讲什么礼教的人，实际是违背礼教的；表面反对礼教的人，往往是最守礼的。阮籍和魏连殳就属于后者。而这恰好也是鲁迅的自我写照。你别看鲁迅反礼，鲁迅是真正守礼的，你看他对母亲的孝顺，就可以知道。在魏连殳的身上，有历史上的阮籍和现实中的鲁迅，他们三者合而为一。

---

① 鲁迅：《魏晋风度及文章与药及酒之关系》，《鲁迅全集》3卷，535页。

于是我们又注意到，鲁迅在整部小说都突出两种感受：一是极端的异类感，一是极端的绝望感。而这种异类和绝望，既是魏晋时代的，也是鲁迅自己的。也就是说，鲁迅把魏晋时代和自身的绝望感、异类感在魏连殳这一人物身上淋漓尽致地表达出来。

在小说里，魏连殳正是一个异类。这个人非常奇怪，“对人总是爱理不理的，却喜欢管别人的闲事”，所以大家都把他当作外国人。他非常喜欢发议论，而且发的议论都很“奇警”。而爱发奇论，爱管别人闲事，是典型的魏晋风度，典型的鲁迅风度。这样一个异类，和社会是绝对不相容的。所以，到处流传着关于他的流言蜚语，后来校长把他解聘了，他没饭吃了。有一天，“我”在书摊上发现有魏连殳的书在出卖，“我”感到很吃惊，因为魏连殳是爱书如命的人，他把书拿出去卖，说明他的生活到了绝境。终于有一天，魏连殳来到“我”家里，想说什么又不说，临走时，说能不能帮他找一份工作，因为“我还得活几天”。魏连殳是一个何等骄傲的人啊，但最后居然上门请别人为他找工作。这说明他已被逼到走投无路的地步。小说情节的发展有很大的残酷性：整个社会是怎样对待异端，怎样一步一步地剥夺他的一切，最后，他连生存的可能性都失去了。这是社会、多数人对一个异端者的驱逐。

大家要注意，小说中“我”在叙述魏连殳的故事时，内心是同情魏连殳的，但叙述语调是尽可能客观的，他在控制自己的情感，或者收敛自己的情感。他把对魏连殳的同情隐藏在自己情感的最深处，偶尔露一点点。他是以一种自嘲的方式来控制自己的情感，掩饰自己的写作，掩饰自己的话语。这正是鲁迅的另一面。一方面，鲁迅想要很直白地倾诉自己的一切，要说真话；但同时他是有控制的，他要隐蔽自己，有意识地遮蔽自己。这里也体现出鲁迅言说方式的两个不同的侧面。

这样，小说就展开了魏连殳和“我”之间的对话。但不是一般的对话，而是辩论。从某种程度上说，“我”和魏连殳的辩论就是两个自我的辩论。小说整个故事进程中插入了“我”跟魏连殳三次辩论。这种辩论的方式也有点像魏晋时代的清谈。“我”和魏连殳两个自我在房间里三次清谈。而三次清谈所讨论的问题，不是一般的发牢骚，而是把他们感受到的问题、痛苦都提高到形而上的层面。某种程度上说，这三次论辩，是三次玄学的讨论。这又和魏晋的清谈和玄学有内在的联系。问题都是从具体的事情说起的，但讨论到后来就成为大问题，形而上的问题。

先从对孩子的看法谈起。魏连殳虽然脾气怪，但有一个特点，他对别人都很凶，都爱理不理的，唯独一见到小孩就两眼发光，兴奋得不得了。小说中出现了两个人物，叫大良、小良。客观上看，大良、小良这两个小孩又脏又讨厌，他们的祖母也是典型的庸俗小市民。但是，魏连殳非常喜欢这两个孩子。“我”旁边看不惯，“我”和魏连殳之间就有一场争论。争论什么呢？当看到我对他过于喜欢孩子流露不耐烦时，魏连殳说：“孩子总是好的。他们全是天真……。”“我”说：“那也不尽然。”“不。大人的坏脾气，在孩子是没有的。后来的坏，如你平日所攻击的坏，那是环境教坏的。原来并不坏，天真……。我以为中国的可以有希望，就在这一点。”这是魏连殳的观点。“我”接着说：“不。如果孩子中没有坏根苗，大起来怎么会有坏花果？譬如一粒种子，正因为内中本含有枝叶花果的胚，长大时才能够发出这些东西来。何尝是无端……”

这里表面上看是争论对孩子的看法问题：一个认为孩子本性是好的，是环境把他变坏的；一个认为孩子本性就是不好的。看起来是孩子问题的争论，其实是讨论人的生存希望是什么。魏连殳认为有希望，希望在孩子，因为人的本性是好的，只是后天的环境造成人的坏。既然是环境造成的，就有改造的可能性。而“我”认为不是环境造成的，人的本性，人的根苗就是坏的，因此就没办法改造，也就没有希望。这实际上从人性的根本问题上，来讨论人的生存是有希望还是没希望。

认为人本性就是恶的就没有希望，人本性善就有希望。这看来是对孩子的看法问题，实际上是讨论人的希望究竟在哪里，是从人的本性上来讨论这个问题的。但大家要注意，这两个观点互相质疑，互相颠覆，这样的讨论是没有结论的。因为这就是鲁迅内心的矛盾，鲁迅自己就没有解决这个矛盾。它同样没有明确的价值判断。它揭示出这样一个根本性的矛盾，讨论人的本性如何，人的希望在哪里。

第二个问题是围绕着“孤独”展开的。魏连殳不是很孤独吗？有一天，“我”劝魏连殳，说孤独是他自己造成的：“你实在亲手造了独头茧，将自己裹在里面了。你应该将世间看得光明些。”在“我”看来，境由心造，魏连殳的孤独是他自己造的，是一种自我孤独，因此可以用调整的方法来改变。魏连殳没有正面回答这个问题。但他讲了一个故事，他说虽然他跟祖母没有血缘关系，但祖母埋葬那天他为什么失声痛哭呢？因为想到祖母和我的命运。祖母当年是孤独的，“我虽然没有分得她的血液，却也许会继承她的运命”，继承她的孤独感。在小说结尾，“我”来看魏连殳的时候，“我”也有这种感觉。魏连殳死了，“我”跟魏连殳是朋友，没有什么血缘关系，但“我”也感到继承了他的什么。从祖母到魏连殳，再到“我”，这三种人之间没有血缘关系，却构成一个孤独者的谱系。孤独并不是由人自己造成的，而是命运造成的，是注定如此的，会代代相传的。

孤独者这样的宿命实际上是对人的生存状态的追问。孤独的生存状态到底是可以改变的，还是无可改变的宿命？这是鲁迅的又一个矛盾。“我”认为孤独的生存状态是可以改变的，但魏连殳认为孤独的生存状态是无可改变的，是一种宿命。这同样反映了鲁迅对人的生存状态的一种困惑。

第三个问题就更加深刻了：是为什么活的问题。魏连殳那天到“我”家来，让“我”替他找工作，说：“我还得活几天！”提了“活”这个字。魏连殳说完就走了，“我”来不及回应他。所以这场辩论没有正面展开。但是，“我”念念不忘这句话。那天“下了一天的雪，到夜还没有止，屋外一切静极，静得要听出静的声音来。我在小小的灯光中，闭目枯坐”，就想起魏连殳，一双黑闪闪的眼睛在“我”面前闪动着，还听见他的声音：“我还得活几天！”于是“我”从内心发出疑问：“为什么呢？”正在想这个问题时，有人敲门，邮差送来一封信，是魏连殳的信。这是一种心灵的感应：“我”在想他，他的信来了。这有点神秘。信里一开始就回答“我为什么活着”这个问题：“从前，还有人愿意我活几天，我自己也想活几天的时候，活不下去；现在，大可以无须了然而要活下去……”这里讨论的是“人为什么活下去”的问题。人活着的价值和意义到底在哪里？这恐怕是一个更带根本性的问题。

魏连殳的信里讲了三个层面的意思。或者说，魏连殳活着的目的有三次变化：第一个层面是“为自己活”，为自己的某种追求、理想或信仰而活着。魏连殳最初就是这样活着的。为什么大家都觉得他是异端呢？就是因为他是一个有信仰、有追求的人。但是，这样有理想有追求的人，在现实生活中很难活下去。魏连殳有一天发现：我不能为自己活着，因为无法实现自己的理想和追求。这时候怎么办？再活下去的动力是什么呢？魏连殳回答说：“有人愿意我活几天”，母亲、朋友、儿子要他活着。这时他是为他人而活着。这是第二个层面的“活着”。可悲的是，等到连“爱我者”也不希望他活着的时候，活着不仅对自己没意义，对他人也没有意义了。这时候人还要不要活着？人的生存价值已经到了零度。魏连殳仍觉得还要活下去，为谁活着呢？“为不愿意我活下去的人们而活下去。”你们不是不愿意我活吗？那我就偏要活着，活给你看，就是要让你们觉得不舒服。这也是鲁迅的选择。他有些话说得很沉重，他说，我活着，我注意身体健康，我不是为了我的老婆，我的孩子，而是“为了我的敌人。我要让他们不那么满意，我要像‘黑的恶鬼似的’站在他们面前”。[1]鲁迅最重要的价值就在这里。当然这也是非常残酷的选择，它一步一步地演变：为自己活着，为他人活着，为敌人活着。

所以，魏连殳最后做了一个出乎所有人意料之外的选择：特地投奔了一个军阀——杜师长，做了军阀的幕僚，成了有权有势的人了。他就用以毒攻毒的方式来报仇：利用自己掌握的权力，给压迫者以压迫，给侮辱者以侮辱。当年那些反对他的人都来巴结他，面对“新的宾客，新的馈赠，新的颂扬”，他感到复仇的快意，但同时感到最大的悲哀，因为“我已经躬行我先前所憎恶，所反对的一切，拒斥我先前所崇仰，所主张的一切了。我已经真的失败”。以背叛自己和“爱我的人”为代价，取得对敌人的胜利。他的复仇不能不以自我精神的扭曲和毁灭作为代价，最后导致生命的死亡。最后“我”赶去看魏连殳，只能面对他的尸体，魏连殳“很不妥帖地躺着，脚边放一双黄皮鞋，腰边放一柄纸糊的指挥刀，骨瘦如柴的灰黑的脸旁，是一顶金边的军帽”。接着写到魏连殳给“我”最后的印象：“他在不妥帖的衣冠中，安静地躺着，合了眼，闭着嘴，口角间仿佛含着冰冷的微笑，冷笑着这可笑的死尸。”

---

① 参看鲁迅：《〈坟〉题记》，《鲁迅全集》1卷，4页；《两地书·九三》，《鲁迅全集》11卷，245页。

这是死者的自我嘲笑，又何尝不是鲁迅的自我警诫。这里实际上也投入了鲁迅自我生命的体验。我认为，这恐怕是鲁迅曾经考虑过的选择。他说过这样的话：“为了生存和报复起见，我便什么事都敢做。”[①]而且鲁迅真有一个杜师长那样的朋友，那就是他在留学日本时结识的，后来成为孙传芳的师长兼浙江省省长，最后被蒋介石杀掉的陈仪。鲁迅在失意时，曾经对许广平说：“要实在不行，我投奔陈仪去。”所以，小说的这个情节是有根据的，是鲁迅曾经考虑过的一种选择，悲剧性的选择。

在小说里，“我”和魏连殳的三次对话，三次辩论，其实是展开内心深处的矛盾。这里讨论了三个问题：一个是讨论人的存在本身的问题；另一个是讨论人的存在希望何在；最后一个是讨论人的生存的价值和意义到底在哪里。我觉得，最让我们感到惊心动魄的，是最后一个问题。从为自己活着，为他人活着，到为敌人活着，即使到了底线，还要去追寻生命存在的意义。这使我想起了哈姆雷特的命题：“活还是不活？”其实，这个问题是人类共同的精神命题。鲁迅在这里是以中国的方式来思考与回答的。而这样的精神命题今天仍然在追问着我

① 鲁迅：《两地书·七三》，《鲁迅全集》11卷，204页。

们每一个人。鲁迅看到很深的根源，他从历史看到现实，从魏连殳时代的文人看到自己的同辈人。这种鲁迅式的对人的存在本身的追问，充满着鲁迅式的紧张，也灌注着鲁迅式的冷气。

小说写到这里，读者的神经快要崩溃，受不了了。于是就有一个爆发：“我快步走着，仿佛要从一种沉重的东西中冲出，但是不能够。耳朵中有什么挣扎着，久之，久之，终于挣扎出来了，隐约像是长嗥，像一匹受伤的狼，当深夜在旷野中嗥叫，惨伤里夹杂着愤怒和悲哀。”这“受伤的狼”的形象，在小说中第二次出现。它把一开始就笼罩全篇的死亡的轮回和绝望挣扎的生命感受螺旋式地往上推进。这深夜的旷野里发出的长嗥，夹杂着愤怒和悲哀的长嗥，无疑是魏连殳的心声，是“我”的心声，也是鲁迅自己的心声，也可以说是千古文人共同命运的象征。

小说发展到这里就到极点了，任何人都写不下去了。但是鲁迅还想从中挣扎出来。这就是鲁迅之为鲁迅：当绝望和痛苦达到极端的时候，他对绝望和痛苦又进行质疑。所以小说还有一个非常重要的转折。一般人以为小说到这里就结束了，已经很精彩了，但鲁迅为从绝望中、从质疑中摆脱出来做最后的努力：“我的心地就轻松起来，坦然地在潮湿的石路上走，月光底下。”你看，小说的结尾恢复了平静。更准确地说，它把这种痛苦真正内化了，隐藏到生命的、心灵的深处。也就是说，作者把所有惊心动魄的追问变成了长久的回味和更深远的思索。这样才完成了鲁迅的小说，这样的小说结尾才真正是鲁迅式的。最后他把所有挣扎内敛到生命的深处，达到一种平静。读完这篇小说，我们对所谓“鲁迅气氛”就会有一种更深的体会。

对鲁迅精神气质、小说艺术的几点新认识

最后我们总结一下：通过分析鲁迅的气氛、鲁迅的气质、鲁迅的精神、鲁迅的小说，可以达到一种什么样的认识？

我们首先注意到，鲁迅小说的自我辩驳的性质。鲁迅最具代表性的小说都具有一种自我辩驳的性质。这种自我辩驳最能显示鲁迅多疑的思维的特点。我们都说鲁迅是多疑的，其实他的多疑主要是指向自己的。日本学者木山英雄先生说，鲁迅有一种内攻性冲动。鲁迅对自己全部的情感、观念、选择都有多疑的审问。我们一般认为鲁迅是漂泊者，但《在酒楼上》里他对漂泊者是质疑的：我们一般认为鲁迅是主张复仇的，但在《孤独者》里对复仇也进行质疑。他总是提出两个命题，又在两个命题之间来回质疑。譬如《在酒楼上》，他同时提出漂

泊和坚守这两个对立的命题；在《孤独者》里，他又提出两个对立的命题：希望和绝望。他来回质疑，在来回的旋进中，他的思维更加深入，更加复杂化。这显示鲁迅作为永远的探索者的精神气质。鲁迅永远在探索，探索中也会有些结论，但他从不把这些结论凝固化、绝对化，同时加入质疑。

其次，我们发现鲁迅的情感和精神气质是非常复杂的，是多层次的。比如跟魏晋的关系，他既有刘伶式的颓唐、放达的一面，同时有阮籍、嵇康的愤激、冷峻的一面。我们一般认为鲁迅是异端者，但同时也看到他是最守礼的。他既是漂泊者，但同时他又坚守。

这种多疑的思维所形成的复杂性、辩驳性，以及他的精神气质的多层次性，就形成了我们学术界经常提到的鲁迅小说的复调性。他的作品总有多种声音在那里互相争吵着，消解着，颠覆着，补充着；有多种感情在那里互相纠缠着，激荡着，扭结着。我称之为一种“撕裂的文本”，在那里找不到和谐。撕裂的文本具有一种内在的紧张。这样内在紧张的作品，艺术表现上很容易陷入急促。但鲁迅又追求从容。这也是一个矛盾：他整个的情绪、思想、情感、心理是紧张的，但表达上又追求一种从容。应该说，不是鲁迅所有的作品在处理这个矛盾时都处理得很好。有些作品可能过于急促，过于紧张，不够从容。

但是我们讨论的《在酒楼上》《孔乙己》，能把紧张的内容包容在一种舒缓的节奏中。即使是像《孤独者》这样具有极大的情感冲击力的作品，最后还是把它内敛成一种具有深刻内涵的平静。这就是鲁迅小说的魅力：很好地处理了内在的紧张和表达的舒缓、从容之间的关系。即使是冲突，最后也转化成一种平静，是心灵的平静，也是叙事的平静。

我们发现，鲁迅的小说具有多重蕴涵。他不仅仅关注人的历史的、现实的命运，更进行人存在本身的追问。读《孤独者》，读《在酒楼上》，你可以感受到鲁迅强烈的现实关怀，但没有停留在现实层面上，而是提高到形而上的层面。他把现实的关怀和形而上的关怀有机地统一起来。在我看来，大作家和一般作家的区别，就在这里。真正的伟大作家一定有现实关怀的，我不相信不食人间烟火的作品是伟大的。但是，如果仅仅停留在现实关怀上，缺乏形而上的关怀，缺乏一种对人性，对生命存在的追问的作品，价值同样是有限的。在我的理解中，大作家就能把现实的关怀和形而上的关怀统一起来。应该说，鲁迅自己也没有在所有作品中达到这个水平，但至少在我们所讨论的作品中做到了这点。

五、读《铸剑》

先释题：所谓《故事新编》，首先是“故事”，鲁迅说得很清楚，“故事”是中国古代的一些神话、传说以及古代典籍里的部分记载，这实际上表现了古代人对外部世界和自身的一种理解，一种想象。所谓“新编”，就是鲁迅在20世纪二三十年代里重新编写、改写，某种程度上这是鲁迅和古人的一次对话，一次相遇。既然是重写，是重新相遇，鲁迅在写《故事新编》时就要在古代神话、传说、典籍里注入自己所处时代的精神，注入个人生命体验。——我们读《故事新编》，就是要了解他在里面注入了什么东西。

我们就以这篇《铸剑》为例。——在我看来，它是《故事新编》里写得最好、表现最完美的一篇，因此我们要做一个文本细读。

鲁迅曾说自己写《故事新编》是“只取一点因由，随意点染，铺成一篇”[1]；只有《铸剑》自由出典，“我是只给铺排，没有改动的”。[2]据查，在《吴越春秋·阖闾内传》与《越绝书·越绝外传宝剑》里均有《铸剑》故事的记载。在鲁迅辑《古小说钩沉》所收集的相传为魏晋曹丕所著《列异传》也有记载——

> 干将莫邪为楚王作剑，三年而成。剑有雄雌，天下名器也。乃以雌剑献君，藏其雄者。谓其妻曰：“吾剑藏在南山之阴，北山之阳；松生石上，剑在其中矣。君若觉，杀我，尔生男，以告之。”及至君觉，杀干将。妻后生男，名赤鼻，告之。赤鼻斫南山之松，不得剑；忽于屋柱中得之。楚王梦一人眉广三尺，辞欲报仇。购求甚急，乃逃朱兴山中。遇客，欲为之报；乃刎首，将以奉楚王。客令镬煮之，头三日三夜跳不烂。王往视之，客以雄剑倚似王，王头堕镬中；客又自刎。三头悉烂，不可分别，分葬之，名曰三王冢。

对照鲁迅的重写，故事情节与原本没有多大出入；但鲁迅也自有其理解与创造。或许我们可以从一个细节说起。小说最

① 鲁迅：《〈故事新编〉序言》，《鲁迅全集》2卷，354页。
② 鲁迅：《致徐懋庸》，《鲁迅全集》14卷，30页。

初于1927年4月5日发表于《莽原》2卷8、9期时，题为《眉间尺》；1932年编入《自选集》时，又改题为《铸剑》。这一改动，正是要突出“剑”的形象，以及“铸剑”的意义。

于是，我们就注意到小说关于“铸剑”的场面描写——那也是一段鲁迅式的文字：

> 当最末次开炉的那一日，是怎样地骇人的景象呵！哗拉拉地腾上一道白气的时候，地面也觉得动摇。那白气到天半便变成白云，罩住了这处所，渐渐现出绯红颜色，映得一切都如桃花。我家的漆黑的炉子里，是躺着通红的两把剑。你父亲用井华水慢慢地滴下去，那剑嘶嘶地吼着，慢慢转成青色了。这样地七日七夜，就看不见了剑，仔细看时，却还在炉底里，纯青的，透明的，正像两条冰。
>
> ……待到指尖一冷，有如触着冰雪的时候，那纯青透明的剑也出现了。……
>
> 窗外的星月和屋里的松明似乎都骤然失了光辉，惟有青光充塞宇内。那剑便溶在这青光中，看去好像一无所有。

我们触摸着鲁迅的创造物：这把剑——“铁”化后的透明的“冰”。

我们看见了鲁迅式的颜色：白，红，黑，还有青，而且是“通红”以后的“纯青”。

我们又感受到了鲁迅式的情感：“极热”后的“极冷”。

我们更领悟着鲁迅的哲学：“无”中的“有”。

这是一种性格，一种精神。

小说里，真正代表了这性格、这精神的，是“黑色人”。

这黑色人是如何出现的呢？

这天晚上楚王做了一个梦，梦见有人拿剑刺杀他，便下令全城搜捕眉间尺。正在最危急的时候出现了“黑色人”。

> 前面的人圈子动摇了，挤进一个黑色的人来，黑须黑眼睛，瘦得如铁。他并不言语，只向眉间尺冷冷地一笑……
>
> 眉间尺浑身一颤，中了魔似的，立即跟着他走；后来是飞奔。……前面却仅有两点燐火一般的那黑色人的眼光。

这“冷冷地一笑”，这令人毛骨悚然的鸱鸮般的声音，这燐火也似的眼睛，都给人以冷的感觉。

黑色人对他说，“我为你报仇”，“只要你给我两件东西：一是你的剑，二是你的头！”眉间尺毫不犹豫地割下头，“‘呵呵！’他一手接剑，一手捏着头发，提起眉间尺的头来，对着那热的死掉的嘴唇，接吻两次，并且冷冷地尖利地笑。”这更使人感到他的心也冰冻了。

“我只不过要给你复仇”，“你还不知道么，我怎么地善于报仇”。——这正是一把冰也似的无情的复仇之剑。

但你听见了他心灵的呻吟了么？

……我的魂灵上是有这么多的，人我所加的伤，我已经憎恶了我自己！

原来这也是一个受伤的灵魂。他何尝没有过火热的生命，热烈的爱，只是在一次又一次的，而且仿佛永远没有止境的打击、迫害、凌辱、损伤之下，感情结冰了，心变硬了，一切纠缠却不免软弱的柔情善意都被自觉排除，于是只剩下一个感情——憎恨，一个欲望——复仇。他把自己变成一个复仇之神。

我们不能不想到鲁迅，并且终于懂得鲁迅用自己的笔名“宴之敖者”来给这位“黑色人”命名。而“宴之敖者”又包含着“被家里的日本女人逐出”的隐痛[1]这层深意。“鲁迅——黑的人——剑”，三者是融为一体的。

① 许广平：《欣慰的纪念·略谈鲁迅先生的笔名》，收《鲁迅回忆录》（专著，上册），327页。

于是我们又注意到鲁迅作品里实际存在一个黑色家族。这位宴之敖者与《孤独者》里的魏连殳，以及同属《故事新编》的《理水》里的夏禹，《非攻》里的墨子，《奔月》里的后羿，都是其中的成员。在中国的传统里，墨家自称是直接师承大禹的，而“墨子之徒为侠”，[①]而宴之敖者正是古之侠者。我们正可以从这一侧面看到鲁迅与古代“禹——墨——侠”传统的精神联系。而且这一精神联系是贯穿了整本《故事新编》的，很有意思。

我们再回到《铸剑》上来。小说还有一个不可忽视的人物：莫邪的儿子眉间尺，这位眼大眉宽的美少年。在小说里，作为“莫邪剑——黑色人”的形象的补充，他的性格有一个发展过程。小说一开始就通过一个精心设计的细节——眉间尺与老鼠的搏斗（这是原传说故事里没有的），竭力渲染少年眉间尺“不冷不热”的优柔性情，以致引起母亲“看来，你的父亲的仇是没有人报的了”的忧虑和叹息。但是，当母亲向他转述了“铸剑”的故事，传达了父亲的遗旨之后——

眉间尺突然全身都如烧着猛火，自己觉得每一根毛发

① 鲁迅：《流氓的变迁》，《鲁迅全集》4卷，159页。

上都仿佛闪出火星来。他的双拳，在暗中，捏得格格地作响。

显然是神圣的仇恨渗入了他的每一根毛发以至灵魂，父辈的复仇精神将他重新塑造，他坦然宣布——

我已经改变了我的优柔的性情，要用这剑报仇去！

于是，我们看见了另一个眉间尺：他“沉静而从容地”去“寻他不共戴天的仇雠”；当黑色人向他索取剑和头，他竟是毫不犹豫地献出了自己的生命。小说《铸剑》的题旨正实现在这眉间尺的成长之中。

于是，就有了惊心动魄的复仇。黑色人把自己打扮成一个玩杂技的人，宣称有绝妙的杂技表演。而楚王此时正觉得无聊，想找刺激，就把他召上殿来。黑色人要求将一个煮牛的大金鼎摆在殿外，注满水，下面堆了兽炭，点起火来。

“那黑色人站在旁边，见炭火一红，便解下包袱，打开，两手捧出孩子的头来，高高举起。那头是秀眉长眼，皓齿红唇；脸带笑容；头发蓬松，正如青烟一阵。黑色人捧着向四面转了一圈，便伸手擎到鼎上，动着嘴唇说了几句不知什么话，随即将手一松，只听得扑通一声，坠入水中去了。水花同时溅起，足有五尺多高，此后是一切平静。”“……炭火也正旺，映着那黑色人变成红黑，如铁的烧到微红……他已经伸起两手向天，眼光向着无物，舞蹈着，忽地发出尖利的声音唱起歌来：

> 哈哈爱兮爱乎爱乎！
>
> 爱兮血兮兮谁乎独无。
>
> …………
>
> 血乎呜呼兮呜呼阿呼，
>
> 阿乎呜呼兮呜呼呜呼！

随着歌声，水就从鼎口涌起，上尖下广，像一座小山，但自水尖至鼎底，不住地回旋运动。那头即随水上上下下，转着圈子，一面又滴溜溜地自己翻筋斗，人们还可以看见他玩得高兴的笑容。过了些时，突然变了逆水的游泳，打旋子夹着穿梭，激得水花向四面飞溅，满庭洒下一阵热雨来。

> ……黑色人的歌声才停，那头也就在水中央停住，面向王殿，颜色转成端庄。这样的有十余瞬息之久，才慢慢地上下抖动，从抖动加速而为起伏的游泳，但不很快，态度很雍容。

请注意，这里对眉间尺形象的描写：“秀眉长眼，皓齿红唇”，“颜色端庄”，“态度雍容”，还有那“玩得高兴的笑容”，这样的年轻，如此的秀美，这是一个多么美好的生命！但不要忘了，这只是一个头，一个极欲复仇的头颅，这其间的反差极大，造成一种奇异的感觉。这个头颅“忽然睁大眼睛，漆黑的眼珠显得格外精采”，就这么“开口唱起歌来”，依然是听不懂的古怪的歌：

王泽流兮浩洋洋；

克服怨敌，怨敌克服兮，赫兮强！

…………

堂哉皇哉兮嗳嗳唷，

嗟来归来，嗟来陪来兮青其光！

唱着唱着头不见了，歌声也没有了。楚王看得正起劲，忙问这是怎么一回事，黑色人就叫楚王下来看，楚王也就果真情不自禁地走下宝座，刚走到鼎口，就看见那小孩对他嫣然一笑，这可把楚王吓了一跳，仿佛似曾相识，因为小孩正像他的父亲。“刚在惊疑，黑色人已经掣出了背着的青色的剑，只一挥，闪电般从后项窝直劈下去，扑通一声，王的头就落在鼎里了。”“仇人相见，本来格外眼明，况且是相逢狭路。王头刚到水面，眉间尺的头便迎上来，狠命在他耳轮上咬了一口。鼎水即刻沸涌，澎湃有声；两头即在水中死战。约有二十回合，王头受了五个伤，眉间尺的头上却有七处。王又狡猾，总是设法绕到他的敌人的后面去。眉间尺偶一疏忽，终于被他咬住了后项窝，无法转身。这一回王的头可是咬定不放了，他只是连连蚕食进去；连鼎外面也仿佛听到孩子的失声叫痛的声音。”这时，黑色人也有些惊慌，但仍面不改色，从从容容地伸开那捏着看不见的青剑的臂膊，如一段枯枝；臂膊忽然一弯，青剑便蓦地从他后面劈下，剑到头落，坠入鼎中，“他的头一入水，即刻奔向王头，一口咬住了王的鼻子，几乎要咬下来。王忍不住叫一声‘阿唷’，将嘴一张，眉间尺的头乘机挣脱了，一转脸倒将王的下巴死劲咬住。他们不但都不放，还用全力上下一撕，撕得王头再也合不上嘴。于是他们就如饿鸡啄米一般，一顿乱咬，咬得王头眼歪鼻塌，满脸鳞伤。先前还会在鼎里面四处乱滚，后来只能躺着呻吟，到底是一声不响，只有出气，没有进气了。黑色人和眉间尺的头也慢慢地住了嘴，离开王头，沿鼎壁游了一匝，看他可是装死还是真死。待到知道了王头确已断气，便四目相视，微微一笑，随即合上眼睛，仰面向天，沉到水底里去了。”这就结束了复仇的故事。

你看，在这一段文字里，鲁迅充分发挥了他的想象力，把这个复仇的故事写得如此的惊心动魄，又如此的美，可以说是把复仇充分的诗化了。

小说写到这里就好像到了一个高潮，应该结束了，如果是一般作家也就这样结束了。但是如果真到此结束，我们就可以说这不是鲁迅的小说。老实说，这样的想象力，这样的描写，尽管很不凡，但别一个出色的作家还是可以写得出的。鲁迅之为鲁迅，就在于他在写完复仇的故事以后，还有新的开掘。甚至可以说，鲁迅的本意，或者说他真正兴趣所在，还不是描写复仇本身，他要追问的是，复仇“以后”会怎么样。也就是说，小说写到复仇事业的完成，还只是一个铺垫，小说的真正展开与完成，小说最精彩，最触目惊心之处，是在王头被啄死了以后的描写。

当王死后，侍从赶紧把鼎里的骨头捞出来，从中挑拣出王的头，但三个头已经纠缠在一起，分不清谁是谁的了。于是，就出现了一个“辨头”的场面——

> 当夜便开了一个王公大臣会议，想决定那一个是王的头，但结果还同白天一样。并且连须发也发生了问题。白的自然是王的，然而因为花白，所以黑的也很难处置。讨

论了小半夜，只将几根红色的胡子选出；接着因为第九个王妃抗议，说她确曾看见王有几根通黄的胡子，现在怎么能知道决没有一根红的呢。于是也只好重行归并，作为疑案了。

到后半夜，还是毫无结果。大家却居然一面打呵欠，一面继续讨论，直到第二次鸡鸣，这才决定了一个最慎重妥善的办法，是：只能将三个头骨都和王的身体放在金棺里落葬。

我们很容易就注意到，鲁迅的叙事语调发生了变化，三头相搏的场面充满悲壮感，三头相辨就变成了鲁迅式的嘲讽。也就是说，由“复仇”的悲壮剧变成了“辨头”的闹剧，而且出现了“三头并葬”的复仇结局。

这又意味着什么呢？从国王的角度来说，国王是至尊者，黑色人和眉间尺却是大逆不道的叛贼，尊贵的王头怎么可以和逆贼头放在一起葬呢？对国王而言，这是荒诞不经的。从黑色人、眉间尺的角度说，他们是正义的复仇者，国王是罪恶的元凶，现在复仇者的头和被复仇者的头葬在一起，这本身也是滑稽可笑的。这双重的荒谬，使复仇者和被复仇者同时陷入了尴尬，也使复仇本身的价值变得可疑。先前的崇高感、悲壮感到这里都化成了一笑，却不知道到底该笑谁：国王？眉间尺？还是黑色人？就连我们读者也陷入了困境。

而且这样的尴尬、困境还要继续下去：小说的最后出现了一个全民“大出丧”的场面。老百姓从全国各地、四面八方跑来，天一亮，道路上就挤满了男男女女、老老少少，名义上是来“瞻仰”王头，其实是来看三头并葬，看热闹。大出丧变成了全民狂欢节。当三头并装在灵车里，在万头攒动中招摇过市时，复仇的悲剧就达到了顶点。眉间尺、黑色人不仅身首异处，而且仅余的头颅还和敌人的头颅并置公开展览，成为众人谈笑的资料，这是极端的残酷，也是极端的荒谬。在小说的结尾，鲁迅不动声色地写了这样一段文字——

> 此后是王后和许多王妃的车。百姓看她们，她们也看百姓，但哭着。此后是大臣，太监，侏儒等辈，都装着哀戚的颜色。只是百姓已经不看他们，连行列也挤得乱七八糟，不成样子了。

这段话写得很冷静，但我们仔细地体味，就不难发现看与被看的关系。百姓看她们，是把她们当成王后和王妃吗？不是，百姓是把她们当成女人，是在看女人，是男人看女人；她们看百姓，是女人看男人。就这样，男人看女人，女人看男人，全民族从上到下，都演起戏来了。这个时候，复仇者和被复仇者，连同复仇本身也就同时被遗忘和遗弃。这样，小说就到了头了，前面所写的所有的复仇的神圣、崇高和诗意，都被消解为无，真正是“连血痕也被舔净”。只有“看客”仍然占据着画面：在中国，他们是唯一的、永远的胜利者。

不知大家感觉怎么样，我每次读到这里，都觉得心里堵得慌。我想鲁迅自己写到这里，他的内心也是不平静的。因为这个问题涉及鲁迅的信念，鲁迅是相信复仇、主张复仇的。他曾经说过：“当人受到压迫，为什么不反抗？”鲁迅的可贵，就在于他对自己的“复仇”主张也产生了怀疑。虽然他主张复仇，但同时又很清楚在中国这样的一个国家，复仇是无效的、无用的，甚至是可悲的。鲁迅从来不自欺欺人，他在情感上倾心于复仇，但同时他又很清醒地看到在中国这样的复仇是必然失败的。——这就表现了鲁迅的一种怀疑精神。而且这种怀疑精神是彻底的，因为它不仅怀疑外部世界，更怀疑自己，怀疑自己的一些信念，这样他就把怀疑精神贯彻到底了。

于是，我们也就明白，在《故事新编》里，鲁迅所要注入的是一种彻底的怀疑主义的现代精神，把他自己非常丰富的痛苦而悲凉的生命体验融化其中。这样一种怀疑精神表现在他的艺术上又是如此的复杂：悲壮的、崇高的和嘲讽的、荒诞的悲凉的两种调子交织在一起，互相质疑、互相补充，又互相撕裂。而且这两种调子是贯穿全篇的：在前半部就出现了“干瘪脸的少年”这样的“看客”，到后半部就走到前台，占据一切了。可以说，看客也是《铸剑》这篇小说的主角，构成了对复仇者的嘲讽与解构。很多作家的写作是追求和谐的，而鲁迅的作品里找不到和谐，那是撕裂的文本，有一种内在的紧张。就写作结构而言，小说各部分之间，尤其是结尾与前面的描写，形成一个颠覆，一个整体的消解。这些都可以看出鲁迅思想的深刻，艺术的丰富性和创造性。这样的小说是我们过去没有看到过的，是全新的创造。

辑二 散文六篇

一、读《阿长与〈山海经〉》

鲁迅的散文，最引人注目的，是他的童年记忆，家乡记忆。《阿长与〈山海经〉》即是其中代表作之一。

但读《阿长与〈山海经〉》，有三个难点，也是其语言表达上的特点所在。

几乎所有的赏析文章都谈到，这篇回忆散文主要描述了“我”和“阿长”的关系，“我”对“她”的情感的变化：从厌她、烦她、恨她，到最后敬她的全过程。而转折的关键，又在阿长给“我”买了《山海经》：文章的题目就特意点明这一点。因此，全文自然就分为两大块，加上最后一个自然段和那句“神来之笔”，全文可分三个部分。而每个部分都有一个难点。

语感：体味贬义词背后的爱意

先说第一部分的难点。文章一开始就说："我""憎恶她的时候……就叫她阿长"，这似乎定了一个基调：这一大段就是写"我"对"阿长"的恶感。具体描述中的用词，似乎也证实了这一点，"憎恶"之外，还有"不大佩服"，"讨厌"，"疑心"，"无法可想"，"不耐烦"，"诧异"，"大吃一惊"，"磨难"，"烦琐之至"，"非常麻烦"，"严重地诘问"，等等。

但是，问题就在这里：难道阿长真的就那么"讨厌"吗？难道"我"对于"阿长"就真的只有"憎恶"吗？

提出这样的问题，是因为不说别的，单是我们这些读者，读了这些文字，就不会对阿长产生反感。就拿文章对阿长两个动作的经典描写来说吧——

> 最讨厌的是常喜欢切切察察，向人们低声絮说些什么事，还竖起第二个手指，在空中上下摇动，或者点着对手或自己的鼻尖。

> 一到夏天，睡觉时，她又伸开两脚两手，在床中间摆成一个“大”字，挤得我没有余地翻身，久睡在一角的席子上，又已经烤得那么热。推她呢，不动；叫她呢，也不闻。

这首先是两幅绝妙的人物速写画，也是典型的小说家笔法：寥寥几笔，一个虽“切切察察”，却也没有多少心思，心眼，即所谓“心宽体胖”的乡下女人的形象，就跃然纸上了。说这是“经典描写”，是因为此后只要一说起“阿长”和生活中类似“阿长”的人，我们都会想起这“上下摇动”的“手指”，这床上的“大”字，而且忍俊不禁，发出会心的微笑。也就是说，读者的情感反应，不是“讨厌”，而是觉得“可笑”，而且……还有点“可爱”，是不是？

这样的文章字面意义、意向和读者阅读的情感反应之间的差距，是很有意思，颇耐琢磨的。

这里，有一个“童年感受”和“成年回述”之间的差异问题。应该说，所有这些“憎恶”“讨厌”“不耐烦”……都是小鲁迅的真实感受，尽管也有点夸张放大，以便和后文形成强烈反差。但成年鲁迅在回顾这段童年生活时，感情却要复杂得多：他从长妈妈所有这些颟顸的举动，所谓“迷信”的背后，看到、感受到了一种真挚的，浓浓的爱意：她那么“极其郑重地”期待说吉祥话，送“福橘”，祈望“一年到头，顺顺溜溜”，不仅是为自己的“一年的运气”，更是为了“我”的幸福。他更从中看到了长妈妈这位普通的乡村保姆性格中真率、可爱的一面。这都是成年鲁迅所格外珍惜的。他把文字里的这些“言外之意”巧妙地传达给了我们，于是，就有了前面所说的和文字表面指向不同的理解和感情反应。——顺便说一点，鲁迅和许多“迷信”的批评者不同，他是一直在为农民的“迷信”辩护的：早年在《破恶声论》里就指出，所谓“迷信”，其实是“向上之民，欲离是有限相对之现世，以趣（趋）无限绝对之至上者也。”并且说：“农人耕稼，岁几无休时，递得余闲，则有报赛，举酒自劳，洁牲酬神，两愉悦也。”一些自称“志士”的知识分子却要大加干预，“则志士之祸，烈于暴主远矣”。[①]直到晚年，谈到广东人敬财神时还说：“迷信是不足法的，但那认真，是可以取法，值得佩服的。”[②]那么，鲁迅写到阿长“极其郑重地”要求“我”说吉祥话时，大概也是怀有一种理解的同情，以至赞赏之意吧。

因此，我们读和教文章的第一部分，其难点和重点，都在这里：如何从一系列的含有贬义的词语背后，品味出、感受到

① 鲁迅：《破恶声论》，《鲁迅全集》8卷，29页，31—32页。

② 鲁迅：《〈如此广州〉读后感》，《鲁迅全集》5卷，461页。

其间的善意和爱意，也就是我们通常所说的“语感”的培育。朗读是一个重要环节。比如“元旦祝福”这一段，如果通过语气的轻重、缓急的处理，将阿长的“郑重”——“惶急”——“十分欢喜”的情感发展，以及相应的“我”的不解——“惊异”——“大吃一惊”——如释重负，惟妙惟肖地表达出来，从中感悟到阿长的“可笑”与“可爱”，也就无须多说什么了。

辨析：为什么“大词小用”？

阿长为“我”买《山海经》这一部分，无疑是全文的核心：这也是文题所暗示的。

于是，就有了文章的高潮，这是我们阅读时首先要抓住的。鲁迅的文章总是有一个蓄势的过程，然后达到爆发点，形成一个高潮。——本文的高潮有二。

第一个高潮，就是这一部分里，长妈妈那一声高叫——

“哥儿，有画儿的‘三哼经’，我给你买来了！”

声音是高亢的，感情是浓烈的，真个是快人快语！“哥儿”的称呼里有说不出的爱怜，亲热，而把《山海经》误听、误记、误说为“三哼经”，更让读者会心一笑之后，又有说不出的感动。——这些，也同样要通过朗读来体会和感悟。这一句话，就把“长妈妈”的形象，光彩夺目地立起来了，形成全文的一大亮点。

更值得注意和琢磨的，是文章对“我”的反应的描写：“我似乎遇着了一个霹雳，全体都震悚起来”，“这又使我发生新的敬意了”，“她确有伟大的神力”。这里连续用了“霹雳”“震悚”“敬意”“伟大”“神力”这样的词语，这些词分量都很重，是所谓“大词”，是专用在某些庄重的场合，用在某些大人物或特异人物的身上；现在，却用在这样一件小事（无非是买了一本书），这样一个小人物（乡村农妇，保姆）这里，这是不是“大词小用”？这确实是一个理解和讲解中的难点：鲁迅为什么要“大词小用”？

我们首先注意到的是这样的词语，在前面的文字中已经出现过：在叙述阿长讲“长毛的故事”时，就有“空前的敬意”，“特别的敬意”，“伟大的神力”的说法。但在那段叙述中，是语含调侃的，因为阿长所说的“脱下裤子”的战法和功效，是童年的“我”所不能理解的，这是因“深不可测”而感到“神力”而生“敬意”，就同时不免有滑稽之感。而这一段里，“神力”“敬意”的再度出现，就不再有任何调侃的意思，而是一种纯粹的敬词，是一种抒情。这就是同样的词语，在不同的语境下唤醒读者不同的情感体验。

问题是这样的“敬意”是怎样产生的？其实在前面的叙述里，已经有了铺垫，这就是“我”“渴慕着绘图的《山海经》”的故事。请注意：“渴慕”也是一个分量很重的词：不是一般的“慕”（羡慕，爱慕，思慕），而是“渴（望）”到了极点，一种迫不及待的爱慕，思慕，欲求。这又是为什么？文章告诉我们，这样的“渴慕”是由一位老人“惹起来”的；而这位老人有两大特点：一、“爱种一点花木”，二、“和蔼”而“称我们为‘小友’”。这样的和大自然与孩子的亲近，说明他是鲁迅最为钟爱的“百草园”的自由空间里的人物。因此，他的书斋里的藏书也就“特别”，应试书之外，还有讲“草木花鸟兽虫鱼”的杂书，《山海经》也是其中之一：这都是在“三味书屋”这样的正规学堂里读不到的。因此，小鲁迅在那里看到的“世界”是三味书屋强迫阅读的经书之类应试书里所没有的；于是，他第一次看到了、发现了“人面的兽，九头的蛇，三脚的鸟，生着翅膀的人，没有头而以两乳当作眼睛的怪物”，唤起了他无穷的好奇心，无羁的想象力，而这些都是在正式的教育里受到严重压抑，以致被扼杀的。

因此，对“我”来说，《山海经》就不只是一本书，而是另外一个世界，另外一种生活，是他的自我生命渴望突破“三味书屋”的教育的束缚，寻求一个新的天地的希望所在。难怪“一坐下，我就记得绘画的《山海经》”，“一……就”，他真的为这样的“渴慕”而坐立不安了。

问题是，有谁会关心“我”的内心的渴求，有谁能满足“我”生命成长的需要与欲望?

——“谁也不肯真实地回答我”。家长不会、不能，老师不会、不能，学者不会、不能，年长者都不会、不能，“我”早就有这样的遭遇、经验：在《从百草园到三味书屋》里，就已经说到了“渊博”的老师“不愿意”回答“我”的问题，“年纪比我大的人，往往如此，我遇见过好几回了”。

就在这时候，在这样的绝望中，阿长挺身而出了，她给“我”带来了朝思暮想的《山海经》！

我原本就不曾期待过她，“她并非学者”，字都不识，“说了也无益”，不过是“既然问了，也就都对她说了”，不抱任何希望的。

这是一个完全意外的惊喜！

“我”怎能不“发生新的敬意”？！——“别人不肯做，或不能做的事，她却能够做成功”，“她确有伟大的神力”：这是关键所在，应该细加琢磨。

“别人”，如前所分析，是指家长，老师，学者等等，他们掌握了教育权力，并且负有教育责任，但却从来没有想过，儿童应该有一个属于他自己的想象的世界，那里有“人面的兽，九头的鸟……”；他们根本不懂得，教育的目的就是满足和培育孩子的好奇心。鲁迅在《从百草园到三味书屋》里早已一语道破：他们的所谓“教育”，就是四个字：“只要读书”，也就是“读死书，读书死”，自然对小鲁迅要读《山海经》的要求，充耳不闻，“不肯做，不能做了”。倒反是阿长，一个普通的无权无势，也无文化的农妇，她当然不懂教育的理论，包括我们所说的“想象力”“好奇心”，但她有一条，就是从心底里爱她的“哥儿”，“我”那副坐立不安、丧魂失魄的样子，她看了心疼，就要想方设法满足孩子的愿望、欲求，而且她想到做到：“我给你买来了！”她就是这样简简单单、痛痛快快、自自然然地为“哥儿”做了这么一件事，然而，却犹如一声“霹雳”，“我”的“全体都震悚起来”，而且，我们，读者，以及一切有良知的中国的教育者，关心孩子的人们，都会为之震动，并且悚然而思！是的，面对这位有着爱心，因而直抵教育本质的“我”的，我们大家的“伟大”的“保姆”，是不能不引发出许多的反省和反思的。

感悟：最后的“神来之笔”

鲁迅的文章自有一股“气势”。而且我们说过，他是最善于“蓄势”的，就是说，前面所有的描写，都是一个铺垫，也是情感的酝酿的过程，情势郁结到了那个点上，就顺势而发，沛然而不可御了。于是，就有了那最后的高潮，文章的顶点，那一声仰天长啸——

“仁厚黑暗的地母呵，愿在你的怀里永安她的魂灵！”

说这是“神来之笔”，是因为这样的多少带有宗教色彩的祈愿文字，即使在鲁迅的文章里，也几乎是绝无仅有的。

它因此成为读者理解的难点。

为此，需要从两个方面，为读者的理解、感悟，做一些准备。

首先要指出，作者在本文中，其实也为这样的一声高喊做了充分的铺垫。在文章的第一段一开始，就点明：“长妈妈……就是我的保姆。”而且我们还注意到，鲁迅一生从未写过自己的母亲，在离开这个世界前，他曾对冯雪峰谈到要想写一篇“关于母爱”的文章，并且说：“母爱是伟大的”，但他毕竟没有写出；他留给我们的，就是这篇写同样给予他童年生活以真正的爱的“保姆”的怀念文字，而且在《从百草园到三味书屋》《猫·狗·鼠》等文中多次提及阿长，都足见长妈妈在他童年记忆中的地位与分量，可以说，他对这位保姆的感情中，是包含了一种对母爱的依恋的。

而在文章的结尾部分，鲁迅又满怀深情地写道：“我终于不知道她的姓名，她的经历；仅知道有一个过继的儿子，她大约是青年守寡的孤孀。”那么，在鲁迅的眼里，长妈妈又是一位社会底层的被抹杀、被损害的不幸的妇女。鲁迅早就说过，他的写作所关注的，就是“病态社会的不幸的人们”[①]，也就是说，长妈妈是和闰土，闰土的父亲，祥林嫂们一起活在鲁迅心中的。

这样，我们终于懂得，鲁迅要为长妈妈祈祷，是深含着他的爱——对母亲或母亲般的保姆，生命的养育者的爱，对社会底层不幸者的爱的。

其次，需要理解的是“仁厚黑暗的地母”的形象。西方神话里，有巨人安泰以大地母亲为力量源泉的传说。而在中国民间，也有以“黑暗”为宇宙生命起源的传说，如流传于湖北神农架的《黑暗传》就这样唱道：“先天只有气一团，黑里咕咚漫无边。有位老祖名黑暗，无影无形无脸面。……那时没有天

① 鲁迅：《我怎么做起小说来》，《鲁迅全集》4卷，526页。

和地，那时不分高和低，那时没有日月星，人和万物不见形。汪洋大海水一片，到处都是黑沉沉……”这里，有一种“黑暗”体验，其实，对我们每个人都并不陌生：深夜睡觉时，常常会有自己被黑暗包裹的感觉，如鲁迅在《夜记》里所描述：“赤条条地裹在这无边无际的黑絮似的大块里”，有时会突然产生回到童年躺在母亲宽厚的怀里的幻觉，感受着母体带来的无边无尽的温暖。

这样，本来是一个普通的祝祷，如人们通常所说的那样“愿死者在地下安息”；现在，鲁迅却创造了一个“人间保姆”回到“仁厚黑暗的地母”的“怀里”这样的意象，既具有浓郁的诗意，又赋予生命哲学的意味：生命的死亡就是回归到生命的起源——“大地母亲”那里去。

或许我们的读者还难以理解这样的生命哲学，但那样的生命的“黑暗”体验，他们却是可以感悟的。因此，不妨引导读者一起高声朗读——

“仁厚黑暗的地母呵，愿在你的怀里永安她的魂灵！”

只要读者感到了心灵的震动，也就够了。——即使他们暂时还不甚懂得其意义。

二、读《风筝》

鲁迅是一位文章大家，因此经常有年轻人向他请教：文章应该怎么写。于是，鲁迅写了一篇文章来做回答，题目却是《不应该那么写》，介绍了一位苏联文学评论家的主张："应该这么写，必须从大作家的完成了的作品去领会，那么，不应该那么写这一面，恐怕最好是从那同一作家的未定稿本去学习了。在这里，简直好像艺术家在对我们用实物教授。恰如他指着每一行，直接对我们这样说——'你看——哪。这是应该删去的。这要缩短，这要改作，因为不自然了。在这里，还得加些渲染，使形象更加显豁些。'"鲁迅说："这确是极有益处的学习法"，那么，他是充分肯定了这样的学习写作的方法了。[①]著名的鲁迅研究专家朱正先生在鲁

① 鲁迅：《不应该那样写》，收《且介亭杂文二集》，《鲁迅全集》6卷，321—322页。

迅的启发下，写了一本《跟鲁迅学改文章》（岳麓书社2005年版），将鲁迅的原稿与改定稿一一对照，就可以看出鲁迅如何修改自己的文章。其中有《从百草园到三味书屋》和《藤野先生》，都是语文课本里的教材。大家在学习这两篇课文时，不妨看看朱正先生这本书，琢磨琢磨鲁迅何以如此这般修改，这对我们加深对鲁迅写作用心的理解和学习写作，都是大有益处的。

鲁迅引文中提到的“作家的未定稿”，其实，还有一种情况：有时作家对同一个写作素材，同一个题材，会在不同的情境下，两度，甚至几度重写，形成多个文本。鲁迅就有过这样的两次写作。1919年鲁迅在《国民公报》“新文艺栏”连续发表了七篇《自言自语》，其中有三篇在他1925年、1926年间写《野草》和《朝花夕拾》时，又重写了一遍。这就有了三篇可对读的文本：《自言自语》里的《火的冰》与《野草》里的《死火》，《自言自语》里的《我的父亲》与《朝花夕拾》里的《父亲的病》，以及《自言自语》里的《我的兄弟》与《野草》里的《风筝》。

这样，我们就可以用对读的方法来学习《风筝》这篇课文。《我的兄弟》一文不长，就照录如下——

我是不喜欢放风筝的，我的一个小兄弟是喜欢放风筝的。

我的父亲死去之后，家里没有钱了。我的兄弟无论怎么热心，也得不到一个风筝了。

一天午后，我走到一间从来不用的屋子里，看见我的兄弟，正躲在里面糊风筝，有几支竹丝，是自己剥的，几张皮纸，是自己买的，有四个风轮，已经糊好了。

我是不喜欢放风筝的，也最讨厌他放风筝，我便生气，踏碎了风轮，拆了竹丝，将纸也撕了。

我的兄弟哭着出去了，悄然的在廊下坐着，以后怎样，我那时没有理会，都不知道了。

我后来悟到我的错处。我的兄弟却将我这错处全忘了，他总是很要好的叫我“哥哥”。

我很抱歉，将这事说给他听，他却连影子都记不起了。他仍是很好好的叫我“哥哥”。

阿！我的兄弟。你没有记得我的错处，我能请你原谅么？

然而还是请你原谅罢！

（文收《鲁迅全集》第八卷《集外集拾遗补编》）

我们现在就来做对照阅读。

首先注意到的是写作的时间和文章的题目：作者在1919年写了《我的兄弟》，为什么时隔六年之后，到1925年又写《风筝》？不过是童年的一段生活，这样一直念念不忘，一写再写，这究竟意味着什么？而重写同一件事，为什么要把题目由《我的兄弟》改为《风筝》？——这大概是我们的阅读一开始就要提出的问题。但我们不要急于求答案，还是先细读文本，最后再来讨论这些问题。

《我的兄弟》（以下简称《兄弟》）共分九段，《风筝》则有十二段。我们就分段来进行对比阅读。

（一）“回忆的套子”的设置

《兄弟》第一段第一句就直接进入回忆：“我是不喜欢放风筝的。”而在《风筝》里，却是在第三段才有类似的叙述：“但我是向来不爱放风筝的。”也就是说，《风筝》在进入故事的叙述之前，还有两段描写，而且我们注意到，写的是作者（“我”）写文章时的外在景物和内在的“惊异而悲哀”的心情。《兄弟》在文章结尾写到要请求兄弟原谅就煞住了，而《风筝》又多出一段：回到开头所写的自己的心情上，还是“带着无可把握的悲哀”。——如果说，《兄弟》是一篇单纯的客观叙述，而《风筝》却外加了一个“套子”，将全篇的回忆笼罩在“我”回忆时的主观心境里，以“悲哀”始，又以“悲哀”终。这样的“回忆的套子”的精心设置，是《风筝》一文的最大特点，而作者的写作旨意正是蕴涵于其中。这是我们能否读懂这篇文章的关键，是应该紧紧把握住的。

但我们还是不能立刻进入“套子”的细读与分析：其含义只有读完了正文，才能理解。

（二）变“叙述”为“描写”

正文的“故事”，是可以分为三个层次的。

1.“我”和“兄弟”冲突的由来：《兄弟》的第一、二段，《风筝》的第三段。

《兄弟》第一段只有短短的两个叙述句：“我是不喜欢放风筝的，我的一个小兄弟是喜欢放风筝的。”尽管直截了当地点明了“我”和“兄弟”的冲突的由来，却是过于简单了：

“我”为什么“不喜欢”，怎样“不喜欢”，“兄弟”为什么“喜欢”，怎样“喜欢”，都省略了。这恰恰是《风筝》要大做文章之处。不仅有“我”的心理分析与描写：“因为我以为这是没出息的孩子所做的玩艺”，而“嫌恶”放风筝（注意：这是为下文埋伏笔）；不仅有“兄弟”的动作和心理描写：为风筝的起落，忽而“出神”，忽而“惊呼”，忽而“跳跃”，又和“我”的反应（“笑柄”，“可鄙”）相对照，这都是为下文做铺垫；还特意强调了“兄弟”的年龄（“大概十多岁内外”），描写他的外貌：“多病，瘦得不堪”，是为下文做比照的。——

于是，我们又知道了《风筝》与《兄弟》相比，在写作上的变化：变“叙述”为“描写”，变“简陋直书”为“精心经营文字，周密安排文章布局”。

不过《风筝》也有删削，比如《兄弟》第二段谈到“父亲死去之后，家里没有钱了”，这一层意思在《风筝》里却没有说及，大概是为了集中笔墨谈兄弟之间的冲突，就不提父亲了。

2.“我”和“兄弟”的冲突：《兄弟》第三、四、五段，《风筝》第四段。

依然是变简单的叙述为更为具体丰富的描写。比如《兄弟》里，只是这么一句：“一天午后，我走到一间从来不用的屋子里”，到《风筝》里就发展成为一个过程描写：先是“我”“忽然想起”多日不见小兄弟；然后，记起了“曾看见他在后园里拾枯竹”；这才“恍然大悟”似的赶到那间“堆积杂物的小屋去”。有了这样的一番曲折，就为下文“我”的不满的大爆发，以致粗暴的行为，做了情绪上的铺垫。

紧接着的冲突，在《兄弟》里也是三言两语就交代完了：“我便生气，踏碎了风轮，拆了竹丝，将纸也撕了”。但在《风筝》里，却演化成了充满戏剧性的紧张的场景描写：先是小兄弟的“惊惶”，“失了色”，以致“瑟缩”；接着是“我”在心理上“破获秘密的满足”和“愤怒”中一系列的动作：“抓断”“掷”与“踏扁”——注意：这里的用词比《兄弟》里的“踏碎”“拆”“撕”都要重得多狠得多，使人感到被抓“断”与踏“扁”的，恐怕不只是风筝而已，更是小兄弟的心。

或许更要注意的，是“我”在踏扁了风筝以后的心理描写，这恰恰是《兄弟》里所省略不写的：“论长幼，论力气，他是都敌不过我的，我当然得到完全的胜利，于是傲然走出。”——这里的“长幼”与“力气”，正是和上文的“十多岁内外”与“瘦得不堪”相呼应的。更值得注意的，突然出现了“敌”与“胜利”这样的战争词语，这就暗点出了这场冲突的“战争”实质：这是典型的长者对幼者的压迫，强者对弱者的欺凌。下文提出的“虐杀”的概念，已经呼之欲出。

还有“兄弟”的反应：《兄弟》是这样写的：“我的兄弟哭着出去了，悄然的在廊下坐着”；《风筝》则写道：“他绝望地站在小屋”里。由“哭”而“悄然”到“绝望”，分量显然重了许多，正是说明：兄弟精神上受到的打击，或许是更为严重的。这也是为下文提出的“精神的虐杀”的概念做铺垫的。

问题更在于“我”的反应：《兄弟》写得也很简单：“以后怎样，我那时没有理会，就不知道了。”《风筝》在写了“后来他怎样，我不知道”以后，又加了一句：“也没有留心”：因为在“我”的心目中，小兄弟“以后怎样”，他的感情有没有受到伤害，是没有必要“留心”的。

这样，从《兄弟》到《风筝》，鲁迅的描写不但更加具体，形象，生动，而且还不断加强了力度，这场兄弟之间的冲突内在的严重性质就逐渐凸现出来。这就孕育着下文感情的爆发。我们读者的阅读心理也随之而开始沉重起来。

3.成年后的反思和补救：《兄弟》第六、七、八、九段，《风筝》第五、六、七、八、十、十一段。这一部分的篇幅和分量，在《兄弟》里和前面两部分差不多，而《风筝》却篇幅更大，分量也更重：可以看出，这“成年后的反思和补救”才是《风筝》描写的重点。

先是反思，《兄弟》也说得很简单：“我后来悟到我的错处”，仅仅是“错”，“错”在哪里，没有交代。但《风筝》却说自己轮到了“惩罚”，那就不只是“错”而可能有“罪”。而且也十分严肃地说出了其中的原由：“我”接受了西方新的现代儿童观，“知道游戏是儿童最正当的行为，玩具是儿童的天使”，在这样的新思想新观念的映照下，原先“我”所坚持的“风筝是没出息的孩子所做的玩艺”的观念，就显得陈旧而荒谬，不攻而自破了。这样，觉悟的“我”，再反观“二十年来毫不忆及”的，“幼小时候”的“这一幕”：前文所写到的对风筝，更是对小兄弟心灵的“抓断”，扔“掷”，“踏扁”，以及“我”的“愤怒”“傲然”，一下子都露出其狰狞面目，“我”终于猛醒：这是“精神的虐杀”！——这一判断，是全文最浓重的一笔，在《兄弟》里，仅是幼时兄弟之间的冲突，但在《风筝》的反省中，就成了一个“精神的虐杀”的事件。这是有点出乎我们读者的意料的，因此，特别具有震撼力；但由于作者在前文的具体描写中已经做了足够的铺垫，又是我们能够接受的。这就是作者用笔的力量。由此引发的，是“我”的，其实也是“我们”读者的沉重之感：“心也仿佛同时变了铅块，很重很重地堕下去了”，但又并不“断绝”，只是“很重很重地堕着，堕着”：一再地重复“很重很重”，这都是对人的心灵“很重很重”的“惩罚”。鲁迅对自己的解剖，是很锋利，也很残酷的。

于是又有了“补过”的努力。《兄弟》的叙述依然只有一句：“我很抱歉，将这事说给他听。”到《风筝》就有了更为细致，也更有层次感的过程性描写。先是“我和他一起放”：“我们嚷着，跑着，笑着——然而他其时已经和我一样，早已有了胡子了”——童年游戏的时代已过，再也追不回，补不过来了，虽然“嚷着，跑着，笑着”，心却是痛着的，这令人心酸的一笔，是《兄弟》里所没有的，却让我们读者感到了沉重。于是，又有了另外的补救，就是《兄弟》里写到的：当面表示“抱歉”，但《风筝》里却揭示了抱歉背后的心理：希望接受“宽恕”而获得心的“宽松”。但得到的却是一句“什么也记不得了”，这也是《兄弟》写到了的，但却没有写到“我”的反应，而这正是《风筝》所要着力强调的：“全然忘却，毫无怨恨，又有什么宽恕可言呢？无怨的恕，说谎罢了”。“无宽恕可言”，这就意味着，童年时所犯下的“精神虐杀”的错误，以致罪过，不仅无法补救，更是无从宽恕的。——这又是浓重的一笔！鲁迅因此把他的反省、反思推到了极点，也把文章的沉重感推到了极点："我还能希求什么呢？我的心只得沉重着。"（注意：文章特地把这一句单独列一段，就是要突出它的分量）

现在，我们就可以回答一开头所提出的问题：童年的这一段生活，鲁迅之所以一直念念不忘，六年之间连写两遍，就是因为它是一场"精神虐杀"，而鲁迅对任何精神的虐杀，都是不能容忍的，在他看来，这是一种不可补救，也不能宽恕的罪过，即使是自己童年时无意犯下的罪过，也是不可原谅的，他要公开"示众"，既是自我警诫，更是警示世人。——鲁迅在给两位初学写作者的信中，曾提到写作的一条重要原则："开掘要深。"（《二心集·关于小说题材的通信》）从《兄弟》到《风筝》就是一次思想的深处开掘。

那么，他为什么要将文章的题目由《我的兄弟》改为《风筝》呢？这就需要——

（三）回到"回忆的套子"

我们一起来细读《风筝》的第一、二段和最后第十二段。

这是两段景物的描写：一是眼前的，现实的"北京的冬季”，一是过去的，记忆中的“故乡”的“春天”。看起来这是相同的景物：天空中浮动的风筝，但色彩和感情完全不同：北京是阴暗压抑寂寞的：“灰黑色的秃树枝丫杈于晴朗的天空中，而远处有一二风筝浮动”；而故乡却是明亮多彩热闹的：有“淡墨色”与“嫩蓝色”的风筝，“发芽”的杨柳的黄绿，“多吐蕾”的山桃的妍红。由此而产生了两个概念：“严冬的肃杀”与“春日的温和”。——说是“概念”，就是说，这已经不只是自然季节给人的感觉，而是一种生存环境，人生境遇，生命状态，情感选择的象征。

这就有了鲁迅的“惊异和悲哀”：“四面还都是严冬的肃杀”，但“久经诀别的故乡的久经逝去的春天，却就在这天空中荡漾了”。——注意：所说的“在这天空中荡漾”的，显然是第一段所写的“浮动”的“风筝”。因此，“风筝”在这里就成了“故乡”和“春天”的一个象征。于是，我们就懂得了：鲁迅将《兄弟》改题为《风筝》，就是为了突出他对故乡记忆里存着的“春日的温和”的怀念，以及自己曾将这“春日的温和”（“风筝”），向往这春日温和的孩子（“兄弟”）的心，“抓断”“踏扁”的自省。

文章的结尾又回到“悲哀”上来。但却有了一个出乎我们读者意外的情感的转折——

我倒不如躲到肃杀的严冬中去吧，——但是，四面又明明是严冬，正给我非常的寒威和冷气。

应该说，这是鲁迅这篇文章中最难把握、理解的文字。这里也只能做一点试解。在我看来，这段文字中两次出现的“严冬”是有两种不同的象征意义的。后一个“严冬”，是一个现实生活处境、生存状态的象征，所谓“非常的寒威和冷气”，突出的是生活的严酷，这是我们读者比较容易理解的。而前一个“躲到肃杀的严冬中去”，则是一个情感的选择，人生态度的选择问题。所谓“肃杀的严冬”是一种敢于正视现实生活的严峻，并在痛苦的反抗、挣扎中获得生命价值的冷峻的情感和人生态度；而“春日的温和”则是在回避“严冬”，沉湎于“春日”的幻想中求得“温和”的人生。人是有“避重就轻”的趋向的，因此，大多数人恐怕都是宁愿“躲到春日的温和”而逃避“肃杀的严冬”的。但鲁迅的选择，却恰恰相反：他宁愿“躲到肃杀的严冬中去”。鲁迅在写《风筝》六天前写了一篇《雪》，就满怀深情地写到了北方肃杀的严冬中的雪——

在晴天之下，旋风忽来，便蓬勃地奋飞，在日光中灿灿地生光，如包藏火焰的大雾，旋转而且升腾，迷漫太空，使太空旋转而且升腾地闪烁。

在无边的旷野上，在凛冽的天宇下，闪闪地旋转升腾着的是雨的精魂……

是的，那是孤独的雪，是死掉的雨，是雨的精魂。

显然，这在严冬的北方晴空中“蓬勃地奋飞”的雪，正是鲁迅的精魂的升华。

于是，我们也终于明白：鲁迅的《风筝》的“回忆的套子”，在最后一段里，将他的回忆性描写，归结为“躲到肃杀的严冬去”的选择，这是大有深意的：他的这篇直面童年时的“精神的虐杀”的一幕的《风筝》，就是回到“肃杀的严冬”的自觉努力；他自己的生命与精神，也因此升华到一个新的高度与境界。

最后，还要就我们的这一次对比阅读做一个小结。《兄弟》和《风筝》这两个文本，在某种意义上，可以把前者看作是一个素材，草稿，后者才是最后的完成稿。从《兄弟》到《风筝》是一篇文章从酝酿、准备、起草到最后形成的一个过程。这对我们的写作是大有启示的。许多朋友常常有了写作的素材，却不知如何将它发展成为一篇生动活泼，有丰富内涵的文章。鲁迅的经验告诉我们，可以从两个方面去努力：一是“变叙述为描写”，通过人物行动、语言、心理、外貌的描写，景物的描写，将所叙述的事情具体化，丰富化，形象化，这样就变得有血有肉，不再简陋和干枯了。其二是“思想的开掘”，努力探寻素材背后的深层的意义，又通过文章的精心布局，结构，把它表现出来。这样，写作的过程，就是一个不断提高我们的思想力和文字表现力的过程，也是我们的生命成长的过程。作文的真正目的，写作的真正价值也就在这里。

三、读《兔和猫》

《兔和猫》虽然收在鲁迅的小说集《呐喊》里，其实是可以作为“散文”来读的，也属于鲁迅的童年记忆，记述的是“小鲁迅”与“小动物”的关系。

还是从朗读开始——

住在我们后进院子里的三太太，在夏间买了一对白兔，是给伊的孩子们看的。

这一对白兔，似乎离娘并不久，虽然是异类，也可以看出他们的天真烂熳来。但也竖直了小小的通红的长耳朵，动着鼻子，眼睛里颇现些惊疑的神色，大约究竟觉得人地生疏，没有在老家的时候的安心了。

注意这里对小白兔形象的描述：小小的通红的长耳朵

是“竖直”了的，小小的鼻子是“动着”的，多可爱！更重要的是眼睛的神态：“颇现些惊疑的神色”，因为是“离娘不久”，来到一个陌生的世界，自然是又惊奇，又疑惧。也许读到这里，你的心也会一动：如果自己离开了老家，比如考上大学，到异地去读书，大概也会有这样的短暂的“惊异”吧。原来，这小白兔和我们大家都一样，有共同的情感。鲁迅的动物世界和我们是这样的近！

我们再来看鲁迅对小兔子动作的描写——

> 这小院子里有一株野桑树，桑子落地，他们最爱吃，便连喂他们的菠菜也不吃了。乌鸦喜鹊想要下来时，他们便躬着身子用后脚在地上使劲的一弹，砉的一声直跳上来，像飞起了一团雪，鸦鹊吓得赶紧走，这样的几回，再也不敢近来了。

你看这段文字：“躬”起身子……使劲的一“弹”……“砉”的一声……直“跳”上来……“飞”起一团雪……，不仅有极强的动感，而且有声（“砉”）有色（“雪”），声情并茂。而且是那样的单纯而干净，完全是本色的，没有任何着意的修饰。——我们又享受了一次鲁迅语言的纯净之美。

而且有动物，必然有孩子——

孩子们时时捉他们来玩耍；他们很和气，竖起耳朵，动着鼻子，（鲁迅观察得非常细致）驯良地站在小手的圈子里，（一双双胖乎乎的小手中间一个小兔子驯良地站着：这是多么美妙的一个图景！）但一有空，却也溜开去了。

> 有一天，太阳很温暖，也没有风，树叶都不动，我忽听得许多人在那里笑，寻声看时，却见许多人都靠着三太太的后窗看：原来有一个小兔，在院子里跳跃了。这比他的父母买来的时候还小得远，但也已经能用后脚一弹地迸跳起来了。孩子们争着告诉我说，还看见一个小兔到洞口来探一探头，但是即刻缩回去了，那该是他的弟弟罢。

原来小兔子又有了小小兔子了！这样，就出现了一个多层次的“看兔图”。画面的中心是那只小小兔子，在那里“跳跃”着；周围是一群小孩子一边看，一边也跳着。而我们还可以想象，在画面外，小小兔子的父母小兔子也在看。既骄傲：孩子被欣赏，父母是最高兴的；又有几分担心：这些“人”会不会欺负、伤害自己的孩子呢？我们还可以想象一下：在后面看着这一切的，还有谁？对了，还有鲁迅在看！他以欣赏的眼光默默地看小小兔子，看小孩子如何看小小兔子，想象小小兔子的父母如何看他们的孩子！这几层“看”，看来看去，鲁迅的心柔软了，发热了。

可以说，一触及这些小动物，这些幼雏，鲁迅的笔端就会流泻出无尽的柔情和暖意。而我们每一个读者，也被深深地感动了。

但是，鲁迅并不沉浸在柔情和暖意里，他不回避这样的事实：还有“一匹大黑猫，常在矮墙上恶狠狠的看”。这另一种“看”，是不能不正视的。于是，就有了悲剧性的结局：这对小小兔子被黑猫活活的吞吃了！

这是惊心动魄的一笔，这是鲁迅式的“美好无辜的生命的毁灭”的主题的突然闪现。

而鲁迅还有更深刻的反省。两只小兔子消失了，生活照样在进行，幸存的七只小兔子在善良的人们的精心照料下，终于长大，“白兔的家族更繁荣；大家也又都高兴了”。曾经有过的生命的毁灭，被遗忘了。

本来，这也是人之常情：人不能永远沉浸在痛苦的记忆中。但鲁迅不能，他在这集体遗忘中感到了深深的寂寞。他不但拒绝遗忘，而且要追问：我自己，以及我们大家，为什么会遗忘？于是，就有了这篇文章最重要的一段文字——

但自此之后，我总觉得凄凉。夜半在灯下坐着想，那两条小性命，竟是人不知鬼不觉的早在不知什么时候丧失了，生物史上不着一些痕迹，并S（指家里的一只狗）也不叫一声。我于是记起旧事来，先前我住在会馆里，清早起身，只见大槐树下一片散乱的鸽子毛，这明明是膏于鹰吻的了，上午长班（旧时官员的随身仆人，一般也叫“听差”）一打扫，便什么都不见，谁知道曾有一个生命断送在这里呢？我又曾路过西四牌楼，看见一匹小狗被马车轧得快死，待回来时，什么也不见了，搬掉了罢，过往行人憧憧的走着，谁知道曾有一个生命断送这里呢？夏夜，窗外面，常听到苍蝇的悠长的吱吱的叫声，这一定是给蝇虎（就是壁虎）咬住了，然而我向来无所容心于其间，而别人并且不听到……

假使造物（指万物的制造者）也可以责备，那么，我以为他实在将生命造得太滥，毁得太滥了。

这是典型的鲁迅式的反思，鲁迅式的命题。老实说，前面的对小动物，小小兔子，小兔子和小孩子的描写，虽然非常精彩，但别的作家也可以写出来，但是，这一段文字里的这样的反省，这样的追问，却是一般人写不出来的，甚至可以说是仅鲁迅所有，鲁迅所特有的。因此，值得我们认真琢磨。

这里，可以做几点讨论。首先，我们注意到，鲁迅在叙述几个小动物，小兔子，小鸽子，小狗的“小生命”不知不觉地丧失了的时候，不时插话：“谁知道曾有一个生命断送在这里呢？”这句话重复了两遍。可以说这是鲁迅情感的一个自然流露：他为这个问题弄得十分不安，所以要反复追问。同时，也说明这个问题在他的思想中的重要性。这里的关键词就是“生命”，这表现了鲁迅强烈的生命意识。在鲁迅的意识里，宇宙万物，包括人，包括动物，植物，都是一种生命，是一个生命共同体，这是一个“大生命”的概念。由此产生的，是“敬畏生命”的观念。生命是神圣的，是至高无上的，我们对生命要保持最大的敬意，在生命面前，我们要有所畏惧。而且这里所说的“生命”不是一个抽象的概念，而是具体的，要落实到每一个生命个体，也就是说，每一个人，每一只兔子，每一条狗，每一朵花，每一株草的生命，都应该得到尊重和爱护。这里还有一个生命之间的相互关联，相互依存的问题。任何一个生命的不幸和灾难，也就是我的不幸和灾难；对任何生命的威胁和摧毁，就是对我的生命的威胁和摧毁。鲁迅之所以对小兔子之死，小狗之死，对苍蝇的呻吟，做出这么强烈的反应，就是因为他有一种内心之痛，是他自己生命之痛。这是真正的“博爱”之心。

其次，鲁迅特别感到痛苦，并且不能容忍的，是被毁灭的都是弱小的生命，年幼的生命。在他看来，越是弱小的生命，年幼的生命，就越应该珍惜和爱护。鲁迅在他晚年写的一篇文章里，特意谈到，在中国农村，母亲往往对“不中用的孩子”特别爱护，原因也很简单：母亲不是不爱中用的孩子，只因为既然强壮而有力，她便放了心，“去注意‘被侮辱的和被损害’的孩子去了”。[①]这就是鲁迅生命意识的另一个重要方面，就是强调“弱者，幼者本位”。这是和主张“弱肉强食”的社会达尔文主义观念相对立的，后者强调的是“强者本位”。“弱者、幼者本位”还是“强者、长者本位”，这是关系到一个社会发展方向的问题，这个问题在当下中国社会并没有解决，在现实生活中，对弱小者生命，年幼者的生命的漠视，以致摧残，还是随处可见的。

这也涉及一个中国国民性的问题，这就是鲁迅对生命的思考的第三个方面。很多人注意到文章里鲁迅的自我反省，他的反省实际上也是指向中国国民性的。他在日本读书时就和他的好朋友讨论这个问题，结论是中国人缺少两个东西，一个是“爱”，一个是“诚”。所谓“爱的缺失”，最重要的方

① 鲁迅：《写于深夜里》，《鲁迅全集》6卷，518页。

面，就是对人的生命的不尊重，不重视。鲁迅所说的生命“造得太滥”和“毁得太滥”的问题，主要就是指中国的问题：一是人口太多，一个是任意毁灭人的生命。中国人太多，生命也太无价值，以致谁也不把人的生命当作一回事，无辜生命的毁灭，已经成为常态，人们真正是“无所容心于其间”了。这样的一种全民性的“无爱”状态，是让鲁迅深感痛心的。

由此形成的，是鲁迅作品的基本母题：“爱”——对每一个生命个体的关爱；“死”——生命无辜的毁灭；以及“反抗”——对生命的摧残、毁灭的抗争。

你们看，在鲁迅对小动物的描写，在人和幼雏的关系的背后，竟包含了如此丰富的内容，确实耐人寻味。

四、读《五猖会》《父亲的病》

鲁迅早在《随感录·四十九》里就说过："从幼到壮，从壮到老，从老到死"，这是人的生命的路。[1]在这条路上，有两个关键时刻：一是为"人之子"，一是做"人之父"。

如何做"人之子"与"人之父"：这也是人生的两大命题。鲁迅为此而困扰了一生。

读者朋友或者还处在"人之子"的生命阶段，或者已经成为"人之父"，也就是说，我们也面临和鲁迅一样的人生命题。

我们一起来读鲁迅两篇回忆父亲的文章，看作为"人之子"的鲁迅，他怎样回顾自己的父亲，在父与子的关系上，他有着怎样的生命体验。

① 鲁迅：《随感录·四十九》，《鲁迅全集》1卷，354页。

《五猖会》：刻骨铭心的隔膜

第一篇是收入《朝花夕拾》的《五猖会》，讲的是再普通不过的儿时的一件往事：过节时，鲁迅迫不及待地要去看迎神赛会，父亲却偏偏要他背书。——类似这样的事，我们每一个人大概都经历过。但鲁迅铭刻在心，并且写成了文章。

我们就从结尾一句话读起——

> 我至今一想起，还诧异我的父亲何以要在那时候叫我来背书。

请注意“诧异”这两个字：不是“愤怒”或者“怨恨”，那样写，感情就过了：毕竟是自己的父亲。是“诧异”，奇怪，不理解，父子之间相互不理解：不仅当年父亲不理解我的感情，而且我“至今”也不理解父亲为什么要在“那时候”叫我背书。

那么，我们就来看看“那时候”我的心情与要求。注意这句话：到东关看五猖会，“这是我儿时所罕逢的一件盛事”。为什么？因为那会是全县“最盛”的会，离家“很远”，又有两座“特别”的庙。这“最”“很”“特别”，都强调五猖会对儿时的我的巨大吸引力。孩子总是渴望到最热闹的，很远的，陌生的，特别的地方去。正是出于好奇的天性，我“笑着跳着”……文章写到这里，充满期待的欢乐的气氛达到了顶点，我们也仿佛看见小鲁迅在那里笑着，跳着……

“忽然，工人的脸色很谨肃了”——“谨（拘谨）肃（严肃）”两个字，就使气氛急转直下。

父亲出现了：“就站在我背后”——一个“就”字写出了父亲的威力。

“去拿你的书来。”他慢慢地说。

如此简单明了，又是如此不容商讨。一个字一个字地慢慢吐出，越是慢，就越显威严：每一个字都敲打在我的心上。

看我的反应：“我忐忑着，拿了书来了。他使我同坐在堂中央的桌子前，教我一句一句地读下去。我担着心，一句一句地读下去。”——请注意：“他使我……”“（他）教我……”这样的句式，“读下去……读下去”这样的重复。这都表现着：绝对的命令，绝对的服从。

“给我读熟。背不出，就不准去看会”。——又是绝对的，不容分说的命令：把父亲的威严、威压，写到了极致。

“我似乎从头上浇了一盆冷水。但是，有什么法子呢？自然是读着，读着，强记着，——而且要背出来。”

不能不服从，心里不服，却又不能表示自己的反抗，只能这样读下去，读下去：“‘粤自盘古’就是‘粤自盘古’，读下去，记住它，‘粤自盘古’呵！‘生于太荒’呵！……”

再看周围人的反应：家中由忙乱转成“静肃”，母亲、长工、长妈妈默默地“静候”。

在“百静”中，空气也凝定了。——连续三个“静”字：越是“静”，压力越大。

看我的感觉：“在百静中，我似乎头里要伸出许多铁钳，将什么‘生于太荒’之流夹住”——注意这比喻：“铁钳……夹住……”，你有没有听见铁钳发出的“嘎嘎”的声响？

“听到自己急急诵读的声音发着抖，仿佛深秋的蟋蟀，在夜中鸣叫似的。”——请体味：深秋……夜……鸣叫……，这都给人以凄凉的感觉。就在这一瞬间，“我”变成了“虫”：“我”真是像“蟋蟀”一样活着而悲鸣呵！于是，外在气氛的“凄凉”就转化成内心的“悲凉”，生命的悲凉感。

……终于，我“拿书走进父亲的书房，一气背将下去，梦似的就背完了”。

“不错。去吧。”父亲点着头，说。

通篇描写中，父亲的语言极其简单，只有二十三个字。而且没有什么多余的描写：越是简单客观，就越是显示出一种内在的冷漠。

看众人的反应：“……露出笑容……把我高高地抱起……祝贺……快步走在最前面……”

却与我的反应形成巨大的反差：“我却没有他们那么高兴……对于我似乎都没有什么大意思……”连续两个“没有”，写尽了我的兴趣索然。好奇心已经荡然无存：儿童的天性被扼杀了。

留下的，竟是这样一个“强迫背诵”的记忆！

一个人的童年记忆是非常重要的：童年记忆是快乐的，神圣的，还是悲哀的，沉重的，这是会决定人的一生的。

然而，这一切——他给儿子留下什么样的童年记忆，父亲是绝对不了解的，他也不想了解。

剩下的依然是鲁迅的问题：父亲为什么要“在那时候叫我来背书？”——因为他觉得孩子第一要紧的就是读书，而要读书就得背。这是父亲的逻辑。而且应该承认，在主观上他完全是为了孩子好。但他却从不考虑儿子在盼望什么，更不去想扫了孩子的兴，这又意味着什么。他对自己对孩子的伤害，竟然毫无感觉。他不想这些，而且根本没有想到应该想这些。因为在他的思想里，儿子是没有自己的逻辑的；即使有，也应该绝对地服从父亲的逻辑。

但在儿子这一边，却永远不能理解：父亲为什么没有想到这一切，为什么不愿意想到这一切！

这是两代人之间的隔膜，父子两代人之间的隔膜，刻骨铭心的隔膜！

鲁迅为此感到极度的痛苦，这痛苦如山般永远压在他的心上！

但，鲁迅的两个弟弟，周作人与周建人，对于父亲，却有和大哥不相同的另一种记忆。

周作人在《鲁迅的故家》里回忆说，父亲伯宜公“看去似乎很是严正，实际却并不厉害，他没有打过小孩”。他举出的例证，也是和鲁迅有关的。据说有一次他来到三兄弟住的房间，翻开垫被，发现鲁迅画的一幅画，画着一个人倒在地上，胸口刺着一支箭，上有题字曰“射死八斤”。——“八斤”是周家隔壁的小孩，生下来就有八斤，仰赖身高体重，经常欺负周家兄弟，鲁迅不服气，就借着漫画来报复。奇怪的是，父亲看了并不责怪，只是把这页撕去了。周作人说：“他大概很了解儿童反抗的心理”。因此，在周作人的记忆里，父亲是一个“有时给小孩子们讲故事，又把他下酒的水果分给一点吃”的和蔼可亲的人。周建人也在《鲁迅故家的败落》里回忆说：父亲“并不打骂我们，也不和母亲吵架拌嘴，只是独自生闷气”。

兄弟三人，对父亲的回忆竟是如此的不同：这是很有意思的。看来鲁迅和他的两个弟弟的不同记忆，都是真实的，反映了他们的父亲周伯宜的不同侧面。而人的记忆其实是有筛选性的，筛什么，选什么，是由记忆者的性情、性格、气质……所决定的。我曾经在《鲁迅〈野草〉里的哲学》中说过，一般人的回忆，总是“避重就轻”，“对过去生活中的痛苦与欢乐，错误与正确，丑与美，重与轻……总是选择、突出、强化后者，而回避、掩盖、淡化前者”，这也是人之常情。而鲁迅却偏要“避轻就重”，在他的记忆里，留下的更多的是生命中阴冷而沉重的东西。或者说，他对生活与生命的阴暗有着特殊的敏感，也更不能相容。心灵极容易受到伤害；而一旦受到伤害，就永远铭刻在心。童年时所受到的父亲的伤害，就这样成为他生命中的永远之重。

当然，鲁迅对父亲的记忆，父与子的关系，也是丰富、复杂的。

现在，我们一起来读鲁迅另一篇散文——

《父亲的病》：刻骨铭心的恐惧和负疚感

这篇文章很有鲁迅随笔式散文的特点：文中有许多与正文有关，但又随意牵连、拉扯开去的所谓“闲笔”。前一篇《五猖会》开头有很大一段关于迎神赛会的描写，就是如此。而本文几乎三分之二的篇幅，写中医治病，也正是这样的闲笔。其中内含着鲁迅式的幽默，更是处处可以感觉得到的。但是，写着写着，读着读着，语气就发生变化了，用笔渐渐沉重起来了。或者说鲁迅式的沉重，就慢慢显露出来。

“父亲的喘气颇长久，连我也听得很吃力，然而谁也不能帮助他”。——正是突然意识到父亲的病重，而且父亲将独自面对死亡的威胁，只有在这时，原来的种种不满，怨恨，都在这一瞬间消失了，长期被遮蔽、被压抑，不曾意识到的对父亲的爱，突然爆发出来：“我有时竟至于电光一闪似的想道：‘还是快一点喘完了罢……。’立刻觉得这思想就不该，就是犯了罪；但是又觉得这思想实在是正当的。”一点不错，正是这矛盾的心理，才显示出我对父亲的爱有多么的深！于是就有了这放声一呼：“我很爱我的父亲。”这鲁迅著作中唯一的对父亲的爱的表白，是十分动人，而具有震撼力的。

因此，不仅是因为邻居衍太太的提醒，更是出于内心的驱动——

> “父亲！父亲！”我就叫起来。
>
> ……
>
> “父亲！！！父亲！！！”

连续三个惊叹号：这在鲁迅作品中，几乎是绝无仅有的。这正是要借以表达感情的逐渐趋向强烈：这是真正的生命的呼唤！

但父亲的反应却是——

“他已经平静下去的脸，忽然紧张了，将眼微微一睁，仿佛有一些苦痛。”——这其实是父亲最后一个愿望：“平静”地离开这个世界。

但我却不理解这一点，依然沉浸在对父亲的依恋与爱，以及失去父亲的恐惧中，还在高喊——

> “父亲！！！”
>
> “什么呢？……不要嚷。……不……。他低低地说，又较急地喘着气……”

这是鲁迅事后才意识到的：父亲对他最后的嘱咐竟是："不……"

但处于极度不安与慌乱中的"我"，依然不能理会——

> "父亲！！！"我还叫他，一直到他咽了气。
>
> 几十年后，才有了最后的觉悟——
>
> 我现在还听到那时的自己的这声音，每听到时，就觉得这却是我对于父亲的最大的错处。

这最后一笔，因为意识到将失去父亲而感到的惊恐，因搅乱了父亲临终前的宁静而感到的终生内疚，是惊心动魄的。

这又是一个鲁迅生命中的永恒记忆！

这是儿子对"失父"的恐惧和对父亲永远的内疚。

父与子尽管有隔膜，但二者的生命，因血缘而永远纠缠为一体，这天性的爱，是隔不断，理还乱的。

因为有刻骨铭心的爱，才会有相互隔膜的悲哀，也才会有终生的恐惧，内疚和悔恨：这是真正的生命的缠绕。正是这刻骨铭心的隔膜感，刻骨铭心的恐惧感、负疚感，以及背后的刻骨铭心的爱，构成了鲁迅创作的一个基本动因。而且这样的父与子之间的生命缠绕，是人类共有的精神现象。于是，我们注意到，在20世纪，几乎和鲁迅同时，一位西方的大作家、大思想家也在书写着他和他的父亲之间的恩爱情仇。

这就是德语文学的经典作家卡夫卡。在我看来，他和鲁迅都是20世纪最伟大的小说家，是“最有资格代表20世纪时代的作家”。鲁迅于1881年诞生于日趋没落的大清帝国绍兴的破落大家里，两年以后，即1883年卡夫卡出生在同样临近崩溃的奥匈帝国的一个犹太商人的家庭里。我曾经在《专制文化的寓言——鲁迅、卡夫卡解读》一书的序言里说过，他们都生活在“社会大转型”的时代，又同是“被排斥于人类世界之外的‘无家可归的异乡人’”，他们与时代既“在”又“不在”（不被承认，也不愿纳入）的关系，反而成就了他们，使他们对20世纪世界图景做出了独特的，超前的，预言式的解读。因此，鲁迅与卡夫卡之间，是存在着文学和精神的相通的。

鲁迅和卡夫卡的被排斥、放逐感，无家可归的漂泊感、恐惧感，以及负疚感的一个重要根源，是童年的痛苦记忆。如前面所分析，鲁迅的《五猖会》《父亲的病》，就是这样的童年记忆所留下的痕迹。这两篇散文写于1926年，而在七年之前，卡夫卡就于1919年7月，写出了他的著名的《致父亲》。如叶廷芳先生在《卡夫卡全集》8卷“编者前言”里所说，“这与其说是一封家书，毋宁说是一篇政论，一篇有关社会学、伦理学、儿童心理学、教育学和文学的论文，一篇向过了时的价值观念宣战的檄文。其观点之鲜明、文笔之犀利，为一般书信所没有。它反映了时代转型期两代人之间精神上思想上的隔阂之深。”

现在，我们就一起来——

读卡夫卡:《致父亲》

这是卡夫卡童年记忆中的父亲——

仅仅你的体魄那时就已经压倒了我。比如我常想起我们常在一个更衣室里脱衣服的光景。我又瘦、又弱、又细，你又壮、又高、又宽。在更衣室里我已经自惭形秽，而且不仅是对你，而是对全世界，因为你在我的眼里是衡量一切的标准。

与这个差别相适应的还有你精神上的统治权威。……坐在靠背椅上统治着世界。你的见解是正确的，其他任何见解都是发病的、偏激的、癫狂的、不正常的。

你在我心中产生了一种神秘的现象，这是所有暴君共有的现象：他们的权力不是建立在思想上，而是建立在他们的人身上。

我的一切思想都处在你的压力之下，那些与你的思想不一致的思想同样如此，而且尤其突出。所有这些似乎与你无关的思想，从一开始就带上了等待你即将说出的判断的负担；要想忍受这负担，直到完整地、持续地形成这种思想，几乎是不可能的。……出于你那与孩子截然相反的天性，你始终如一地给孩子带来失望……勇气、决心、信心和对这对那的愉快，都不能坚持到底，只要你表示反对，或只要估计你可能反对，一切便都告吹；而我做任何事情时几乎都能够估计到你可能反对的。

……只须我对一个人有一点兴趣（就我的天性而言，这种情况并不多），你就会毫不考虑我的评价地对这个人破口大骂、污蔑、丑化。……我始终觉得不可理解的是，你对你的话和论断会给我带来多大的痛苦和耻辱，怎么会毫无感觉。……你毫无顾忌地把你的话抛出去，你什么人都不怜惜，过后也不，人们在你面前可以说是完全失去了防卫能力。

你很早就禁止了我讲话，你那“不许顶嘴”的威胁，和为此而抬起的手，从来就一直陪伴着我。……你是个出色的演说家，我得到的是一种断断续续、结结巴巴的讲话方式。但就是这样，你还是觉得过分了，最终我沉默不语了。首先是出于抗拒心理，再就是我在你面前，既不能思想也不能讲话，由于不可能进行平心静气的交往，于是另一个其实很自然的后果产生了：我把讲话的本领荒疏了。

世界在我眼中就分成了三个部分，一个部分是我这个奴隶居住的，我必须服从仅仅为我制定的法律，但我又（我不知原因何在）从来不能完全符合这些法律的要求；然后是第二世界……那是你居住的世界，你忙于统治，发布命令，对不执行命令的情况大发雷霆；最后是第三个世界，其他所有的人全都幸福地、不受命令和服从制约地生活在那里。

接着，卡夫卡谈到了这样的“父亲”如何影响和塑造了“我”——

仅仅由于你我才变成这样的了，你只是强化已经存在的因素，而抹杀正在成长的因素。

我在你面前失去了自信，换来的是一种无穷无尽的负罪意识，……变成了对其他所有的人的永无止境的害怕。在这方面，我无法把自己从你的影响下解放出来。

我变成了一个奇想迭出，但多半寒气逼人的孩子，怀着冷冰冰的、几乎不加掩饰的、不可摧毁的、像孩子般不知所措的、近乎可笑的、像动物般感到满足的淡泊冷漠心态，我还从来没有在别的人身上看到过。当然它也是防止我因恐惧和负罪意识而产生神经崩溃的唯一保护工具。

我对任何事情都感到不安。每时每刻都需要证实我的存在，我没有任何本来就属于我的、属性无可置疑的、归我一个人独有的、唯我可以调动的所有物，我实际是个被剥夺了继承权的儿子，负担太沉重了，背脊因而弯曲；我几乎动弹不得，……于是我永远是孱弱的，对我的思想起决定性影响的是……恐惧、懦弱、自卑的无所不在的压力。

这是一个几乎被“父亲”所压垮的“儿子”。于是，就产生了“逃离”“突围出来”的挣扎和努力。卡夫卡就是在这种情况下，谈到了他的写作——

> 我通过写作和与此有关的事情做了些小小的独立尝试、逃亡尝试，获得了微乎其微的成功。但这些将无所进展，许多事情已经向我证明了这一点，尽管如此，守护它，不让任何我能挡得住的危险，甚至不让任何产生这种危险的可能性接近它，乃是我的义务，或不如说是我全部生命的寄托。

据说，卡夫卡曾经想给自己的全部著作题名为“逃出父亲范围的愿望”。

从《致父亲》看《五猖会》

显然，在卡夫卡这里，“父亲”成了一种隐喻。而从我们前面对鲁迅两篇回忆父亲的散文的分析里，也可以看到，他笔下的父亲形象，也许有更多的实写成分，其实也是暗含着某种隐喻的。因此，卡夫卡和鲁迅作品里的“父亲”，和实际的父亲都是有距离的，或者说是经过了记忆的筛选和文学的强化、变形的。

卡夫卡把父亲视为身体与精神统治权威，他毫不留情地剥夺了“我”的思想和话语权利，成了父亲王国的奴隶。卡夫卡从父亲那里看到的是一种“暴君”现象，所以本雅明在他的《弗兰茨·卡夫卡》里评价说：“对于卡夫卡来说，官员世界和父亲世界是同一的。”他的批判锋芒是直接指向专制政体的。

读了卡夫卡的《致父亲》，再回过头来读鲁迅的《五猖会》，我们就有了更深刻的领会：鲁迅所强烈感到，并终生不忘的父与子之间的隔膜感，是来自父亲对儿子的绝对权力，如他自己后来在《我们现在怎样做父亲》一文里所说，“父对于子，有绝对的权力和威严；若是老子说话，当然无所不可，儿子有话，却在未说之前早已错了”。[①]鲁迅的父亲之所以那样独断地要求背书，而全然不考虑儿子的意愿与要求，儿子除了服从绝无其他选择，都是反映了父亲对儿子的绝对支配权的。在这个意义上可以说，鲁迅的《五猖会》与卡夫卡的《致父亲》都是对父权的批判。

而鲁迅则更关注作为专制体制的思想基础的伦理观念，把

---

① 鲁迅：《我们现在怎样做父亲》，《鲁迅全集》1卷，134页。

他的批判锋芒指向中国儒家传统的“三纲”之说。在鲁迅看来，家庭为中国社会之本，“父权”的神圣不可侵犯性之所以必须打破，就是因为它是“三纲”的核心，所谓“父为子纲，夫为妻纲，君为臣纲”，丈夫对妻子的绝对权力，皇帝对臣民的绝对权力，都是父亲对儿子的绝对权力的延伸。因此，鲁迅的写作和卡夫卡一样，本质上是一种走出以父权为基础的“奴隶时代”的悲壮的“突围”和“逃亡”。

卡夫卡说，父亲的绝对统治，使“我变成了一个奇想迭出，但多半寒气逼人的孩子”。我们在鲁迅身上，也发现了同样的精神气质，而正是这样的精神气质决定了他们的文学风格。我们可以说，鲁迅与卡夫卡的文学，是一种“奇想迭出，寒气逼人”的文学，从而构成了20世纪世界文学的奇观。

从《父亲的病》看鲁迅小说中“父亲的缺席”

但，鲁迅与卡夫卡之间，在文学表现上的差异也是明显的。我们在前面提到了《专制文化的寓言——鲁迅、卡夫卡解读》这本专著[①]。作者有一个重要发现：“卡夫卡的每一篇小说，

① 张天佑：《专制文化的寓言——鲁迅、卡夫卡解读》，甘肃人民出版社2003年版。

都晃动着父亲的身躯，决定着情节的变化和儿子的命运；鲁迅的小说中的父亲都被删除。”他列举出了如下例证：首先是鲁迅小说中作为批判对象的人物，大都是父亲的替身，如大哥（《狂人日记》），四叔（《祝福》），族长（《长明灯》）；其次，鲁迅小说主人公大都是失去父亲的孤儿：《孤独者》里的魏连殳“自幼失去了父母”；《长明灯》里的“他”，父亲早就死了，“只有一个伯父”；《铸剑》里的眉间尺，是父亲死了十六年以后才出场的；《过客》里的主人公自述，“从我还能记得的时候起，我就只一个人”。

父亲死了，父亲缺席，这是一个饶有兴味的鲁迅文学现象。

我们还感兴趣的是，父亲死了与父亲缺席之间，有什么关系？

于是，又注意到了《父亲的病》这篇散文，尤其是最后鲁迅对失去父亲的恐惧感。在这背后其实是有鲁迅另一个惨伤的童年记忆的。他在《〈呐喊〉自序》里的这段话是人们所熟知的：“有谁从小康人家而堕入困顿的么，我以为在这路途中，大概可以看见世人的真面目。”而所谓“堕入困顿”，其中的关键，就是父亲的早逝。据《鲁迅年谱》记载，在父亲去世后，17岁的鲁迅作为长子，曾代表家庭出席本房家族会议，受尽了屈辱，构成了鲁迅终生难以愈合的心灵创伤。也就是说，鲁迅的童年记忆里，不仅有父亲的专制所造成的隔膜之痛，如《五猖会》里所表现的那样；更有《父亲的病》里的失父之痛：正是父亲的早逝，使他过早地承担“长子”的责任，在耻辱中看透世态炎凉，形成了他的多疑、敏感的个性。我们在前面谈到鲁迅与卡夫卡的“奇想迭出，寒气逼人”的气质与风格；对卡夫卡，这都是父亲的压抑造成的，而鲁迅，却多了一个父亲早逝的因素。

这也正是鲁迅与卡夫卡的区别所在：他们虽然同为家庭的长子，但鲁迅是一个病弱的父亲的长子，而卡夫卡却是一个强壮的父亲的长子。鲁迅父亲35岁时去世，鲁迅年仅16岁；卡夫卡的父亲享年79岁，病逝时卡夫卡已经去世七年。卡夫卡恨他的父亲，是因为他太强大，是自己一生难以企及的目标，他的恨，更像是敬爱。而鲁迅对父亲，更多的是负疚，是同情，怜悯，这些情感在他的《父亲的病》里得到十分动人的表现；而卡夫卡则不可能写出《父亲的病》这样的文章。“父亲的病”本身就构成了鲁迅重要的生命命题，他在《〈呐喊〉自序》里说得很清楚：他之所以到日本学医，就是为了“救治像我父亲似的被误的病人的疾苦”，而他后来弃医从文，也是因为他意识到中国人的主要病症在精神的病，“而善于改变精神的”“当然首推文艺”。[1]这就是说，“治病”——从治身体的病，到治精神的病，成为鲁迅人生选择的基本动力；而这样的动力显然首先来自父亲的病的影响。正是这样的“救治”的欲望，使鲁迅尽管在理性上把父亲判定为“专制压迫”的象征，但在感情上他又无法将父亲做专制的具体形象，他只有回避：让父亲缺席了。[2]

① 鲁迅：《〈呐喊〉自序》，《鲁迅全集》1卷，438页、439页。

② 本节的分析，部分采用了张天佑专著的观点，特此说明，并向作者表示感谢。

五、读《无常》

鲁迅的童年记忆里，除了我们已经阅读、讨论过的关于小动物的记忆，关于父亲的记忆外，最刻骨铭心的，还有关于他的家乡民间节日、民间鬼神的回忆。这就是我们现在要阅读、讨论的《无常》和《女吊》。《女吊》写在1936年鲁迅重病之中，离世之前，下文会有详细讨论。又有人注意到，这篇写于1926年6月，收入《朝花夕拾》的《无常》，正是在鲁迅一场大病之后——1925年9月1日至1926年1月鲁迅肺病复发（1923年鲁迅因兄弟失和也发过一次病），长达四月余；1936年鲁迅最后病倒时写信给母亲，就提到1923年、1925年这两次病，以为病根正是当年种下的。[①]这就是说，鲁迅也是因为面对死亡而沉浸于鬼的民间记忆里写出《无常》的。更有意思的是，现在

① 参看鲁迅：《致母亲》（1936年9月3日），《鲁迅全集》13卷，418页。

许多研究者都认为，正是1925—1926年间与1935—1936年间，鲁迅的创作出现了两个高峰：他的《朝花夕拾》《彷徨》（部分），《故事新编》《夜记》（未编成集）都写于这两个时期。而《无常》《女吊》正是鲁迅散文的两大极品。这些事实大概很能说明鲁迅的“死亡体验”“民间记忆”和他的“文学创作”之间的联系；而“鬼”的描述正是这三者的联结点，《无常》与《女吊》的意义与价值就在于此吧。

鲁迅在《无常》一开始就介绍说，无常鬼是由人扮演的，是民间戏剧与祭神活动里的一个节目。在鲁迅的故乡绍兴，这样的民间戏剧演出有两类，一是“大班”，二是“目莲戏”。鲁迅说二者的不同在于“前者是专门的戏班子，后者是临时集合的Amateur（业余演员）”。[①]所以一般老百姓，特别是小孩，对这样的具有参与性的“目莲戏”是更有兴趣的。传说七月份酆都城鬼门关打开，阎罗大王让小鬼到人间玩玩，所以这戏是演给鬼看的，人去看，用鲁迅的说法，不过是“叨光”。[②]“目莲戏”演的是“目莲救母”的故事，这是一个佛教传说：目莲是佛的大弟子，有大神通，尝入地狱救母，是讲生死轮回，因果报应的，自然引不起孩子和观众的兴趣。大家

---

① 鲁迅：《女吊》，《鲁迅全集》6卷，615页。

② 同上。

注目的是“目莲戏”中的穿插戏。据老艺人说，“目莲戏”是出劝善戏，所以戏班在外演出时，常把耳闻目睹的“恶事”，编进“目莲戏”中，共有一百二三十折之多，多是讽刺社会恶行的讽喻性喜剧，也可以说是传达了老百姓的某些心声吧，因而大受欢迎。据鲁迅介绍说，戏演到“次日的将近天明便是这恶人的收场的时候，‘恶贯满盈’，阎王出票来勾魂了，于是乎这活的活无常便在戏台上出现”。[①]据鲁迅故乡的先贤、明末著名的文学家张岱在其所著《陶庵梦忆》中记载，当年这样的“目莲戏”演出是相当热闹的：“……剽轻精悍，能相扑打者三四十人，搬演《目莲》，凡三日三夜”。但鲁迅说，“在我幼小时候可已经不然了，也如大戏一样，始于黄昏，到次日的天明便完结”。[②]

鲁迅念念不忘的，还有故乡的迎神赛会。在我们刚刚读过的《五猖会》里，就特别提到了张岱的《陶庵梦忆》里关于明末绍兴的迎神赛会的习俗描绘——

壬申七月，村村祷雨，日日扮潮神海鬼，争唾之。余里扮《水浒》，……于是分头四出，寻黑矮汉，寻梢长大汉，

① 鲁迅：《无常》，《鲁迅全集》2卷，271页。

② 同上书，270页。

寻头陀，寻胖大和尚，寻茁壮妇人，寻姣长妇人，寻青面，寻歪头，寻赤须，寻美髯，寻黑大汉，寻赤脸长须。大索城中；无，则之郭，之村，之山僻，之邻府州县。用重金聘之，得三十六人，梁山泊好汉，个个呵活，臻臻至至，人马称娖而行。……

周氏兄弟——鲁迅与周作人对张岱的这段描述所展现的明代绍兴人的精神境界，都表示无限神往。周作人欣赏的是“那种豪放的气象”，“那种走遍天下找寻《水浒传》脚色的气魄”所表现出的生命的“狂”态。[①]鲁迅则说：“那时的赛会，真是豪奢极了”，“这样的白描的活古人，谁能不动一看的雅兴呢？”[②]但即使这样，鲁迅幼时记忆中的迎神赛会也依然迷人——

记得有一回，也亲见过较盛的赛会。开首是一个孩子骑马先来，称为“塘报”；过了许久，“高照”（按：指高挂在长竹竿上的通告）到了，长竹竿揭起一条很长的旗，一个汗流浃背的胖大汉用两手托着；他高兴的时候，就肯

① 周作人：《〈陶庵梦忆〉序》，《周作人自编文集·苦雨斋序跋文》，114—115页，河北教育出版社2002年版。

② 鲁迅：《五猖会》，《鲁迅全集》2卷，261—262页。

将竿头放在头顶上或牙齿上，甚而至于鼻尖。……[①]

在这样的场合，无常就会出现了。人们称他为“勾摄生魂的使者”，人的寿命尽了，一到死期，阎罗王就会派他来将人的魂由阳间带入阴间，可以说，他是出入于阴阳两界的。因此，他和人一样，也有家眷，在迎神赛会上就同时出现了“很有些村妇样”的“无常嫂”，而且还有“（戴）小高帽，（穿）小白衣”的“无常少爷”，“大家却叫他阿领（按：周作人解释说：“云是拖油瓶也”[②]），对于他似乎都不很表敬意”。[③]——鲁迅说，这是因为“无常是和我们平辈的”，当然就不存在任何敬畏感了。

就这样，我们终于和无常鬼相遇了。

请打开《朝花夕拾》里的这篇《无常》，且看鲁迅是如何描述的。

一开始，鲁迅就将迎神赛会中的“神”与“鬼”对照着介绍：据说“神”是“掌握生杀之权的”，而在中国更是“仿佛都有些随意杀人的权柄似的”；而“这些鬼物们，大概都是由

---

① 《五猖会》，《鲁迅全集》2卷，262页。

② 周作人：《关于祭神迎会》，《周作人自编文集·药堂杂文》，114页，河北教育出版社2002年版。

③ 鲁迅：《无常》，《鲁迅全集》2卷，273页。

粗人和乡下人扮演的”，鬼卒鬼王都是“穿着红红绿绿的衣裳，赤着脚”的，“所以看客对于他们不很敬畏，也不大留心”。——不知不觉间，通常蒙在鬼上面的恐惧与神秘消失了，一下子就与我们读者的距离拉近了。

接着，鲁迅又一再强调：“我们——我相信：我和许多人——所最愿意看的，却是活无常”，“人民之与鬼物，唯独与他最为稔熟，也最为亲密”。——请注意这里的几个称谓：“粗人”“乡下人”“人民”，分明是在强调，与作为人民统治者的“神”不同，鬼，尤其是无常鬼，属于下层社会的普通百姓，是“我们”“大家”的。

说到这里，鲁迅才着手给无常画像——

> 身上穿的是斩衰凶服，腰间束的是草绳，脚穿草鞋，项挂纸锭；手上是破芭蕉扇，铁索，算盘；肩膀是耸起的，头发却披下来；眉眼的外梢都向下，像一个“八”字。头上一顶长方帽，下大顶小，按比例一算，该有二尺高罢；在正面，就是遗老遗少们所戴瓜皮小帽的缀一粒珠子或一块宝石的地方，直写着四个字道：“一见有喜。”有一种本子上，却写的是“你也来了”。

顺便说一句：在《朝花夕拾》的“后记”里，鲁迅还真的画了一幅题为《那怕你，铜墙铁壁！》的无常肖像，[①]和“前引”描述性文字对照起来看，是很有意思的。应该说，无论文字还是画图都是神形兼备，惟妙惟肖的。而给人留下最深刻的印象，就是这个“鬼”真有些其貌不扬，但在老百姓的日常生活中，却是经常可以遇见的：这是一个“平民化”的鬼。

而且普通平民还真对他有一份特殊的感情。鲁迅问道：“人们一见他，为什么就都有些紧张，而且高兴起来呢？”并且这样回答——

> 他们——敝同乡“下等人”——的许多，活着，苦着，被流言，被反噬，因了积久的经验，知道阳间维持“公理”的只有一个会，而且这会的本身就是“遥遥茫茫”，于是乎誓不得不发生对于阴间的神往。人大抵自以为衔些冤抑的；活的“正人君子”只能骗鸟，若问愚民，他就可以不假思索地回答你：公正的裁判是在阴间！

这段话里引人注目地出现了“正人君子”“公理”这些看起来不大协调的概念。查查有关资料，就可以知道，这里所说

① 见《鲁迅全集》2卷，331页。

的“正人君子”指的是以《现代评论》杂志为中心的一批大学教授。鲁迅对他们有一个概括性的介绍和评价，说他们“从外国留学回来”，自称“特殊的知识阶级”，以“公理”的执掌者与垄断者自居，“以为中国没有他们就要灭亡”。[①]这自然引起鲁迅的反感，因而展开了激烈的论战。这里自然不可能对这场论战做详尽的讨论，只想指出一点：这场论战构成了鲁迅《朝花夕拾》写作的重要的思想与心理背景，也就是说，鲁迅在沉浸于对家乡童年民间生活的回忆时，心中始终有这批“正人君子”作为“他者”存在着。在我们引述的这段话里，鲁迅显然是将“敝同乡的下等人”与“正人君子”相对立的；而尤其有意思的是，当鲁迅谈到“敝同乡的下等人”“活着，苦着，被流言，被反噬”的命运时，实际上是把他自己摆了进去的：他在与现代评论派的论争中，正是深受这些“正人君子”的“流言”“反噬”之苦。也就是说，当这些“公理”的垄断者采用种种手段要将鲁迅逐出时，鲁迅就深切地感到自己与“敝同乡的下等人”处境与命运的相同，并且与他们一起感受着于无常鬼的世界的亲切与向往：既然阳间（人世间）已经被这些“正人君子”垄断，那么，下等人（以及与他们同命运的鲁迅）只能寄希望于“公正的裁判是在阴间”！于是，又

① 参看鲁迅：《关于知识阶级》，《鲁迅全集》8卷，193页。

有了下面这番议论——

> 想到生的乐趣，生固然可以留恋；但想到生的苦趣，无常也不一定是恶客。无论贵贱，无论贫富，其时都是"一双空手见阎王"，……无常的手里就拿着大算盘，你摆尽臭架子也无益。

鲁迅在1936年去世前写的《死》这篇文章中也说过类似的意思，他说中国人"因为生死久已经被人们随意处置，认为无足轻重，所以自己也（把死）看得随随便便"，并且说自己也是死的"随便党"的一个。而穷人们又大多相信"死后轮回"的观念，死亡反而给他们一个重新投胎，改变现有命运的机会；[①]因此，对于时刻感受着"生之苦趣"的穷人以及鲁迅这样的知识分子不会将无常鬼视为"恶客"，这是很自然的。——当然，也还有佛教的"人生无常"的观念的影响；所以鲁迅又认为，"无常"鬼的想象正是将来自印度的佛教人生观的"具象化"，也算是"中国人的创作"吧。而构成这种死的想象的另一个重要方面，就是在"死亡"面前不分贵贱贫富人人平等，作为这种观念的具象化，"勾摄生魂的使者"无

① 鲁迅：《死》，《鲁迅全集》6卷，608、610页。

常是不徇私情的，算得上“真正主持公理的脚色”。饱受人间“公理”垄断者的欺压，时时“衔些冤抑”的“敝同乡的下等人”对这样的阴间及其使者无限神往，就是可以理解的了。

做了这么多铺垫以后，无常鬼终于“在戏台上出现了”。——但就是出场，也还要有一番铺垫。先是交代时间：“夜深”时分；再说看客心情：愈加“起劲”。于是，先看见“他所戴的纸糊的高帽子，本来是挂在台角上的，这时预先拿进去了”；再听见声音：“鬼物所爱听的”“好像喇叭”似的特别乐器“目连瞎头”吹响起来了……

> 在许多人期待着恶人的没落的凝望中，他出来了，服饰比画上的还简单，不拿铁索，也不带算盘，就是雪白的一条莽汉，粉面朱唇，眉黑如漆，蹙着，不知道是在笑还是在哭。但他一出场就须打一百零八个嚏，同时也放一百零八个屁，这才自述他的履历。

这是全文中最鲜亮的一笔：“雪白的一条莽汉，粉面朱唇，眉黑如漆”寥寥几个字，就写尽了无常的威风、妩媚，令人拍案叫绝！“蹙着，不知道是在笑还是在哭”的表情则直逼他的内心世界（也是对下文的一个铺垫），让观众也“不知道是在笑还是在哭”，使无常的形象变得丰厚而耐人寻味。至于“一百零八个”嚏和屁，自然是民间文学中惯有的夸饰之词，我们读者也仿佛听见了台下观众的阵阵哄堂大笑……

然后，直接引用无常的一段唱词，这既是戏剧演出的一个高潮，也把全文引向高潮。这位阴间之鬼竟是这样的有人情味：堂房的阿侄突然生病，刚吃下药，而且是本地最有名的郎中开出的药，就“冷汗发出”，“两脚笔直”，看阿嫂哭得悲伤，不禁善心大发，放他“还阳半刻”。不料“大王道我是得钱买放”，开了后门，“就将我捆打四十”。阎罗老子居然误解了自己的“人格——不，鬼格”，无端的惩罚“给了我们的活无常以不可磨灭的冤苦印象，一提起，就使他更加蹙紧双眉，捏定破芭蕉扇，脸向着地，鸭子浮水似的跳起舞来”，并且决定再也不放走一个——

> 哪怕你，铜墙铁壁！
> 哪怕你，皇亲国戚！
> ……

这真是神来之笔！看似随和的无常突然翻转出刚毅坚定的一面，诙谐中显示出严峻，这是能给读者以一种震撼的。更可以想见，当在人间，面对“皇亲国戚”肆无忌惮地徇私舞弊而无可奈何的普通老百姓，突然在无常这里看到了抵御腐败、不平等的“铜墙铁壁”，顿会产生一种“若获知音”之感：他的所言所为正是表达了底层民众的愿望。鲁迅情不自禁地说：“一切鬼魂中，就是他有点人情；我们不变鬼则已，如果要变鬼，自然就只有他可以比较地相亲近。”并且满怀深情地写了这样一段话——

> 我至今还确凿地记得，在故乡时候，和“下等人”一同，常常这样高兴地正视过这鬼而人，理而情，可怖而可爱的无常；而且欣赏他脸上的哭或笑，口头的硬语与谐谈……

这是全文的一个“核”：前面所有的描述，议论，铺垫，都最后归结于此。这里，对无常的形象所做的总结、概括，自然把读者对无常的认识提升了一步，让我们关注“鬼”中之“人”及“鬼”所保留的“理而情”的理想“人性”；而“至今还确凿地记得”这样的强调，则提醒读者注意埋在鲁迅心灵深处的永恒记忆：“在故乡时候，和‘下等人’一同”怎样与无常鬼同哭同笑……这意味着，鲁迅从童年起，就有了与底层人民和他们的民间想象物融合无间的生命体验，这是他的生命之根，也是他的文学之根。

而《无常》的结尾，却突然发问："莫非入冥做了鬼，倒会增加人气的么？"——这又猛然突现了对充满鬼气的人世间的绝望，由此自然会引发出许多联想与感慨……

六、读《女吊》

你知道鲁迅离开这个世界前，在关心、谈论什么吗？日本作家鹿地亘夫人池田幸子有这样的回忆——

1936年10月17日（也即鲁迅逝世前两天）午后，鲁迅突然来到鹿地亘夫妇在上海的寓所。一见面就送上一本刚出版的《中流》杂志，并且说："这一次写了《女吊》……"

池田幸子注意到鲁迅说这话时，"把脸儿全部挤成皱纹而笑了"——这灿烂的笑以后就成了一个永恒的记忆。

接着，又有了这样的谈话：

> 我说道："先生，你前个月写了《死》，这一次写了吊死鬼，下一次还写什么呢？"……
>
> 鲁迅笑而不答，突然问道："日本也有无头的鬼吗？"
>
> 鹿地亘回答道："无头鬼没有听到过——脚倒是没

有的……”

“中国的鬼也没有脚；似乎无论到哪一国的鬼，都是没有脚的……”

他们就这样谈开了：古今东西的文学中所记的鬼成了说不完的话题，“时时发出奇声而笑个不停”……[①]

自身被死神缠住，还能如此轻松地谈论鬼，发出“灿烂的笑”，这自然是一种豁达，或许还包含了更丰富的生命内容。

我们还是径直来读这篇鲁迅告别人间时的奇文吧。

《女吊》一开始就引述明末王思任的话：“会稽乃报仇雪耻之乡，非藏垢纳污之地。”并且直接点明：在这一传统熏陶下的“一般的绍兴人，并不像上海的‘前进作家’那样憎恶报复，……他们就在戏剧上创造了一个带复仇性的，比别的一切鬼魂更美，更强的鬼魂。这就是女吊”。——鲁迅如此明确地将“鬼”（女吊）的想象与故乡地方文化传统相联结，这是很有意思的。其实，我们在前面讲到的“无常”，他的以坚毅为内核的豁达、诙谐的性格，以及作为其外在表现的“硬语与谐谈”的语言风格，都打上了绍兴地方文化的鲜明印记，鲁迅因

① 池田幸子：《最后一天的鲁迅》，收《鲁迅先生纪念集》“悼文”第2集，53—55页，上海书店复印。

此将其与女吊并称为绍兴“两种有特色的鬼”。而鲁迅对这两个鬼情有独钟，正是显示了他与浙东地方文化的深刻联系[①]：这也是他的生命与文学之根。而同样引人注目的是，在鲁迅关于女吊的叙述背后仍然存在着一个“他者”：这回是“上海的‘前进作家’”，1936年的鲁迅正在与之进行激烈的论战，鲁迅称他们是“革命工头”，“奴隶总管”，“以鸣鞭为唯一的业绩”，“损着别人的牙眼，却反对报复，主张宽容”。[②]因此，鲁迅对女吊的回忆，就具有回归自己的“根”，以从中吸取反抗的力量的意义；而此文又写在鲁迅生命的最后时刻，就更增添了特殊的分量。

和《无常》一样，鲁迅并不急于让我们与女吊相见，而是竭力先做铺垫，渲染够了，再一睹风采，就会有意想不到的效果。

先从释名说起，强调“吊死鬼”与“女性”的几乎是先天性的联系。——这也正是本章开头引述的鲁迅最后一次聊天的话题；这背后的女性关怀是很明显的。接着又据“吊神”的称呼而强调“其受民众之爱戴”：女吊和无常一样，都是底层人

① 对这一问题有兴趣的朋友可参看《鲁迅与浙东文化》一书（陈方竞著，吉林大学出版社出版）。

② 参看鲁迅：《答徐懋庸并关于抗日统一战线问题》，《鲁迅全集》6卷，538页；《死》，《鲁迅全集》6卷，612页。

民创造的，寄托了他们的愿望与想象的鬼。[1]

既然是舞台上的鬼，就自然要有观众。有趣的是，“看戏的主体”不是人，是神，还有鬼，“尤其是横死的冤鬼”。——顺便说一点：在中国民间传统中，对于“横死的冤鬼”总有特殊的关照；“五四”时期台静农先生写过一篇很有影响的小说《红灯》，就是描写他的安徽家乡每逢阴历七月十五“鬼节”点河灯祭奠冤鬼的习俗的。这背后的意味是发人深思的。

在鲁迅的家乡，就有了演出前的“起殇”仪式。——鲁迅特意说明，这不是一般的“召鬼”，而是“专限于横死者”的。“《九歌》中的《国殇》云：‘身既死兮神以灵，魂魄毅兮为鬼雄’，当然连战死者在内。明社垂绝，越人起义而死者不少，至清被称为叛贼，我们就这样的一同招待他们的英灵。”祭奠“叛贼”的“英灵”，这真是非凡之举！因为如鲁迅所说，“中国一向就少有失败的英雄”，“少有敢抚哭叛徒的吊客”，“见胜兆则纷纷聚集，见败兆则纷纷逃亡”。但也如鲁迅所说，老百姓却能够“明黑白，辨是非”，[2]即所

---

① 鲁迅：《这个与那个·之三最先与最后》，《鲁迅全集》3卷，142页。

② 鲁迅：《“题未定”草之九》，《鲁迅全集》6卷，435页。

谓“人心自有一杆秤”，这些牺牲的起义战士成为“鬼雄”受到浙东民间的礼拜，是自然的：这里的“民气”中一直深藏着反抗、叛逆的火种。

想一想吧，这是怎样一个动人心魄的场景：……在薄暮中，十几匹马，站在台下了。……戏子扮演的鬼王，“蓝面鳞纹，手执钢叉”……十几名鬼卒：孩子自愿充当的“义勇鬼”……

> 一拥上马，疾驰到野外的许多无主孤坟之处，环绕三匝，下马大叫，将钢叉用力的连连刺在坟墓上，然后拔叉驰回，上了前台，一同大叫一声，将钢叉一掷，钉在台板上。

“拥上”“疾驰”“环绕”“大叫”“刺”“拔”“驰回”“掷”“钉”，这一连串的动作，何等的干净、利落，何等的神勇！

就这样，“种种孤魂厉鬼，已经跟着鬼王和鬼卒，前来和我们一同看戏了”。——这真是一个奇妙的生命体验：超越了时空，跨越了生冥两界，也泯灭了身份的界限，沉浸在一个人鬼相融、古今共存、贵贱不分的“新世界”里。不妨设想一下身处其间的幼年鲁迅（假设还有我们自己），将会有怎样的感受：或者会因为“孤魂厉鬼”在身边游荡而感到沉重，夹杂着几分恐惧几分神秘，或许相反，有一种微微的暖意掠过心头，说不出的新奇与兴奋……

就在这样一种气氛中，戏开场了，且“徐徐进行”：“人事之中，夹以出鬼：火烧鬼，淹死鬼，科场鬼（死在考场里的），虎伤鬼……”，这都是民间常遇的灾难而化作了鬼，看客却“不将它当作一回事”，或许这就是鲁迅所说的“对于死的无可奈何，而且随随便便”的“无常”式的态度吧。突然，“台上吹起悲凉的喇叭来，中央的横梁上，原有一团布，也在这时放下，长约戏台高度的五分之二”，“看客们都屏着气”：女吊要出场了！不料，闯出来的却是“不穿衣裤，只有一条犊鼻，面施几笔粉墨的男人”，原来是“男吊”。尽管他的表演也颇为出色，尤其是在悬布上钻和挂，而且有七七四十九处之多，是非专门的戏子演不了的；但看客（或许还有我们读者）却沉不住气了：女吊该出场了。

果然，在翘首盼望，急不可耐之中——

> 自然先有悲凉的喇叭；少顷，门幕一掀，她出场了。大红衫子，黑色长背心，长发蓬松，颈挂两条纸锭，垂头，

垂手，弯弯曲曲的走一个全台，内行人说，这是走了一个“心”字。

这是期待已久的闪光的瞬间，一个简洁而又鲜明的亮相，你心里不由得叫一声“好”！

鲁迅却不急于再添浓彩，加深印象（没有经验的作者多半会这样做），而是就势把笔荡开，大谈“着红”的意义：从王充《论衡》中的汉朝鬼，到绍兴妇女的习俗，强调“红色较有阳气”，自然为志在“复仇”的“厉鬼”所喜爱，又顺便刺一下认为“鬼魂报仇更不符合科学”的“‘前进’的文学家和‘战斗’的勇士们”，还突然冒出一句：“我真怕你们要变呆鸟”，这都是兴之所至，随意流出的文字，却使文气摇曳而不板滞。而且于不知不觉之间，文章的意蕴也更深厚了。

放得开自然也收得住；笔锋一转，就拉了回来——

她将披着的头发向后一抖，人这才看清了脸孔：石灰一样白的圆脸，漆黑的眼眶，猩红的嘴唇。

这是一幅绝妙的肖像画，有着极强的色彩感：纯白，漆黑，猩红。前面已经说过，红色所内含的“阳气”使绍兴的妇女即使赴死也要着红装；其实中国的农民都是喜欢大红、大黑与纯白的。鲁迅选用这三种色彩来描绘女吊的形象，正是表现了他对中国农民和民间艺术的审美情趣的敏感和近乎直觉的把握；而有人对《呐喊》《彷徨》《故事新编》和《野草》四部作品的色彩做了统计，发现鲁迅用得最多的色彩也恰恰依次是白，黑，红，[1]这大概不是一个巧合：鲁迅与中国民间社会的深刻联系其实是渗透到他的美学趣味的。如果翻翻有关色彩学的常识，还可以发现，白、黑、红，这都属于“基本色”，其最大特点是“它们基本上是互不关联的”，“它们所表现的基本品质是相互排斥的”，“在一幅构图上，这些单纯的色相决不能当作过渡色来用”，“它们可以彼此区别，但它们在一起就引起一些紧张”。[2]这样的色彩选择，这样独特的配色方法，可能与鲁迅性格、情感、心理……上的内在紧张有一定关系，这“形式”背后的“意味”，是很有意思的。朋友们如果有兴趣，还可以做进一步的探讨，这里就不深说了吧。

而鲁迅本人在画完了女吊的肖像后，意犹未尽，又对女吊的打扮发了一通议论：“比起现在将眼眶染成浅灰色的时式打

① 参看钱理群：《心灵的探寻》，284—286页，北京大学出版社1999年版。

② 参看R．阿恩海姆：《色彩论》。

扮来，可以说是更彻底，更可爱。不过下嘴角应该略略向上，使嘴巴成为三角形：这也不是丑模样。”——朋友们可能会感到惊奇，鲁迅对妇女的装饰竟如此注意与有研究；其实，女作家萧红早就有过这样的回忆：有一天，鲁迅突然批评她的“裙子配得颜色不对，……红上衣要配红裙子，不然就是黑裙子，咖啡色的就不行了；这两种颜色放在一起很浑浊”。萧红自然很奇怪：“周先生怎么也晓得女人穿衣裳的这些事情呢？”鲁迅回答说：“看过书的，关于美学的。”[①]我们或许可以从这些小地方看到鲁迅的美学素养的某一个侧面吧。

我们这样边读边议，扯得可能远了一点；还是跟着鲁迅回到观戏的现场上来吧。你看——

她两肩微耸，四顾，倾听，似惊，似喜，似怒，终于发出悲哀的声音，慢慢地唱道：

“奴奴本是杨家女，

呵呀，苦呀，天哪！……”

这里又给我们读者一个艺术上的惊喜：在鲁迅的形象记忆

---

① 萧红：《回忆鲁迅先生》，收《鲁迅回忆录》（散篇上册），707—708页，北京出版社2000年版。

里，他对演员以精湛的艺术所传达出的女吊的神情，以及内心世界的精妙之处，可谓体察入微，且能用如此简洁的语言表达得如此准确，简直到了出神入化的地步。读这样的文字，真是一种享受！但或许更加触动我们的，还是这位“杨家女”，以及与她同命运的台下看戏的“下等人”的一腔苦情。

……

但鲁迅却没有沉浸在对人间鬼域的不幸者的同情与对民间反抗精神的赞扬中，他的语气突然变得严峻起来：谈到了“中国的鬼”的“坏脾气”，而且“虽女吊不免，她有时也单是‘讨替代’，忘记了复仇”。鲁迅早就说过，中国人受到了屈辱，不是“向强者反抗”，而往往到更弱者那里去“转移”自己的不幸，[①]这其实就是“讨替代”，“中国鬼”本属于中国，大概也就沾染上这样的“国民性”了吧。——鲁迅在任何时候，任何问题上，都是清醒的：即使对于他如此倾心的故乡民间反抗传统，他也毫无美化之意，他一点也不回避这种反抗的有限性。《女吊》最终传达给我们读者的，正是一种历史的悲凉感。

但鲁迅仍把他的愤怒之火喷向现实中的“吸血吃肉的凶手

① 鲁迅：《杂忆》，《鲁迅全集》1卷，225页。

或其帮闲们”——

> 被压迫者即使没有报复的毒心，也决无被报复的恐惧。只有明明暗暗，吸血吃肉的凶手或其帮闲们，这才赠人以“犯而勿校”或“勿念旧恶”的格言，——我到今年，也愈加看透了这些人面东西的秘密。

这是隐藏在背后的“他者”的突然浮现：鲁迅的一切“反顾”，最终都要回到现实。以此为这篇鬼的回忆作结，正是鲁迅之为鲁迅。

辑三　散文诗六篇

一、读《死火》

把鲁迅的想象才能发挥得最为充分的，无疑是《野草》。《野草》是一个非常独特的仅属于鲁迅的世界，人们可以从不同的角度去进入；我们还是先从“鲁迅式的想象”这里切入吧。这里我们要讨论的，是“对宇宙基本元素的想象”。

鲁迅在《科学史教篇》一开始就谈到了古希腊人对形成宇宙的基本元素的认识与想象：泰勒斯认为水是世界万物的本原，阿那克西米尼则认为是空气，赫拉克利特认为是火。①

我们所生活的宇宙，确实有一些基本的物质元素与生命元素。人类对之有着大致相同的体认，但在不同民族、地区，不同的文化传统之间，又存在着某些差异。就我们中华民族而言，我们所理解的宇宙基本物质元素、生命元素，主要是指：

---

① 鲁迅：《坟·科学史教篇》，《鲁迅全集》1卷，26页，人民文学出版社1981年版。

金（矿物）、木（植物）、水、火、土。

于是，就有了关于金、木、水、火、土的文学想象。有人说，这是对“高度宇宙性形象”的想象。

而且不同民族文化背景，不同时代，不同个性的作家，对于这些宇宙基本物质元素、生命元素的想象是不同的。

或者说，这是一个最具挑战性的文学课题，同时也是思想的课题，生命的课题。每一个有创造力的作家，都要力图创造出不同于他人、前人，独属于自己的“新颖的形象”。

这就意味着，对于宇宙生命的一种新的想象，对于“存在的本质”的一个新的发现。

这还意味着，对现有语言表现力的一个新的突破，并尝试着开辟语言的新的未来。

因此，每一个关于宇宙基本元素的“新颖的形象”的创造，都会带来存在的喜悦，语言的喜悦。[1]

鲁迅活跃的自由无羁的生命力注定他要接受这样的挑战，并且会有出人意料的创造。

不妨设想一下：一个文学梦想者，面对原始的火，将会引起怎样的想象？

在阅读鲁迅的《死火》以前，我们先来读两篇关于“火”

① 参看巴什拉：《梦想的诗学》。

的散文。

这是从美国作家梭罗的《瓦尔登湖》里节选出来的一个片断："室内取暖"。[1]作者一再深情地写道"壁炉里燃烧的火"——

> 在一个冬令的下午，我出去散步的时候，留下了一堆旺盛的火；三四个小时之后，我回来了，它还熊熊地燃烧着。……好像我留下了一个愉快的管家妇在后面。住在那里的是我和火。……
>
> 每当我长久地暴露于狂风之下，我的全身就开始麻木，可是等到我回到满室生春的房屋之内，我立刻恢复了我的官能，又延长了我的生命。……
>
> 火光投射的影子……在椽木之上跳跃……这种影子的形态，……是更适合于幻想与想象的……

于是就有了炉火之歌——

> 光亮的火焰，永远不要拒绝我，
> 你那可爱的生命之影，亲密之情。

① 参看梭罗：《瓦尔登湖》，徐迟译，吉林人民出版社1997年版。

向上升腾的光亮，是我的希望？
到夜晚沉沦低垂的是我的命运？
…………
是的，我们安全而强壮，因为现在
我们坐在炉旁，炉中没有暗影。
也许没有喜乐哀愁，只有一个火，
温暖了我们手和足——也不希望更多；
有了它这坚密、适用的一堆火，
在它前面的人可以坐下，可以安寝，
不必怕黑暗中显现游魂厉鬼，
古树的火光闪闪地和我们絮语。

这是典型的西方人的火的感受与想象：“炉火”使人的躯体处于温暖中（“取暖”，“恢复官能，延长生命”），更使人在心理上获得安全感与舒适感（“我们安全而强壮”，“可以安寝”）；因此，“火”就意味着“满室生春的房屋”，使人联想起“古树……絮语”，还有那“愉快的管家妇”。在“火”里寻找、发现的正是这样一个隐秘在心灵最深处的家园，以及背后的宁静的宇宙生命的想象与向往：存在的本质就深扎在这古老的安适之中。

我们再来看一位中国的年轻的散文家梁遇春写于20世纪30年代的《观火》。[1]他说他最喜欢"生命的火焰"这个词组，它"是多么含有诗意，真是简洁地说出人生的真相"。——

> 我们的生活也该像火焰这样无拘无束，顺着自己的意志狂奔，总会有生气，有趣味。我们的精神真该如火焰一般飘忽莫定，只受里面的热力的指挥，冲倒习俗，成见，道德种种的藩篱，一直恣意下去，任情飞舞，终会迸出火花幻出五色的美焰。

这是对于"火"，对于"宇宙生命"的另一种想象与向往，在这位被长久地束缚，因而渴望心灵的自由与解放的东方青年的理解里，存在的本质就在于生命的无拘无束的自由运动。

我们终于要谈到鲁迅的《死火》。

单是"死火"的意象就给我们以惊喜。——无论是在梭罗的笔下，还是梁遇春的想象中，"火"都是"熊熊燃烧"的"生命"的象征；而鲁迅写的是"死火"：面临死亡而终于停止燃烧的火。鲁迅不是从单一的"生命"的视角，而是

① 梁遇春：《泪与笑》，开明书店1934年版。

从“生命”与“死亡”的双向视角去想象火。这几乎是独一无二的。

在此之前，作为《死火》的雏形，鲁迅还写过一篇《火的冰》——

> 遇着说不出的冷，火便结成冰了。
>
> ……拿了便要像火烫一般的冰手。
>
> 火，火的冰，人们没奈何他，他自己也苦么？
>
> 唉，火的冰。
>
> 唉，唉，火的冰的人！①

在中国传说中有火神祝融与水神共工的生死大战，二者是截然对立的，因此有“水火不相容，冰炭不同炉”的成语。现在鲁迅却强调了二者的统一与转化，“火的冰”，“火的冰的人”，这都是奇特的意象组合，也是向传统思维与传统想象的一个挑战。

于是，就有了“死火”这样的只属于鲁迅的“新颖的形象”。

而且还有了“梦想者”鲁迅与“死火”的奇异的相遇。

---

① 鲁迅：《自言自语·二，火的冰》，《鲁迅全集》8卷，92页。

我梦见自己在冰山上奔驰。

这是高大的冰山，上接冰天，天上冻云弥漫，片片如鱼鳞模样。山麓有冰树林，枝叶都如松杉。一切冰冷，一切青白。

这是一个全景图，一个宏大的“冰”的世界：冰山、冰天、冻云、冰树林，“弥漫”了整个画面。“冰”是“水”的冻结：冰后面有水，冰是水的死亡。因此，这里的颜色是“一切青白”，给人的感觉也是“一切冰冷”，而这青白、冰冷，正是死亡的颜色与死亡的感觉。但却并无死的神秘，也无恐惧，给人的感觉是一片宁静。

但冰的静态只是一个背景，前景是“我”在“奔驰”。在冰的大世界中，“我”是孤独的存在；但我在运动，充满生命的活力。这样，在“奔驰”的“活”的“动态”与“冰冻”的“死”的“静态”之间，就形成一种紧张，一个张力。

“但我忽然坠在冰谷中。”——在奔驰中突然坠落，这是十分真实的梦的感觉；我甚至猜测，“这样的超出了一般想象力之外的幻境，恐非作家虚构的产物，而是直接反映作家潜意识的真实的梦的复述与整理”。[1]

“上下四旁无不冰冷，青白。”——这是一个死亡之谷。

“而在一切青白冰上，却有红影无数，纠结如红珊瑚”。——红，这是生命之色，突然出现在青白的死色之上，给人以惊喜。

“我俯看脚下，有火焰在。”——这是镜头的聚焦：全景变成大特写。

“这是死火。有炎炎的形，但毫不摇动，全体冻结，像珊瑚枝；尖端还有凝固的黑烟，疑这才从火宅中出，所以焦枯”。——写“死火”之形：既有“炎炎”的动态却不动（“冻结”“凝固”）；更写“死火”之神：是对“火宅”的人生忧患、痛苦的摆脱。注意：红色中黑色的出现。

“映在冰的四壁，而且互相反映，化为无量数影，使这冰谷，成红珊瑚色。”——一切青白顷刻间切换为红色满谷，也是死与生的迅速转换。

“哈哈！”——色彩突然转化为声音，形成奇特的“红的笑”。而“哈哈”两声孤零零的插入，完全是因猛然相遇而喜不自禁，因此也全不顾忌句法与章法的突兀。这都是鲁迅的神

① 参看钱理群：《心灵的探寻》，281页，北京大学出版社1999年版。

来之笔。

“当我幼小的时候，本就爱看快舰激起的浪花，洪炉喷出的烈焰。不但爱看，还想看清。可惜他们都息息变幻，永无定形。虽然凝视又凝视，总不留下怎样一定的迹象。”——进入童年回忆。而童年的困惑，是带有根本性的。“快舰激起的浪花”，这是“活”的水；“洪炉喷出的烈焰”，这是“活”的火。而活的生命必然是“息息变幻，永无定形”的，这就意味着生命就是无间断的死亡：正是在这里，显示了“生”与“死”的沟通。而这样一种“息息变幻，永无定形”的生命，是无法凝定的，更是无法用语言文字来记录与描述的，这永远流动的生命是注定不能留下任何“迹象”的。这生命的流动与语言的凝定之间也存在着一种紧张。而这似在流动，却已经凝固的“死火”，却提供了把握的可能：“死的火焰，现在先得到了你了！”这该是怎样地让人兴奋啊！

“我拾起死火，正要细看，那冷气已使我的指头焦灼；但是我还熬着，将他塞入衣袋中间。冰谷四面，登时完全青白。”——这是一种非常奇特的体验：冰的“冷气”竟会产生火的“焦灼”感——冰里也有火。“登时完全青白”：色彩又一次转换，这样的“青白——红——青白”的生、死之色之间的瞬间闪动，具有震撼力。

“我的身上喷出一屡黑烟，上升如铁线蛇。冰谷四面，又登时满有红焰流动，如大火聚，将我包围。我低头一看，死火已经燃烧，烧穿了我的衣裳，流在冰地上了。”——这是“我”与“火”的交融。我的身上既“喷”出黑烟，又有“大火聚”似的红色将我包围：真是奇妙之至！而“火”居然能如“水”一般“流动”，这又是火中有水。这样，冰里有火，火里有水，鲁迅就发现了火与冰（水）的互存、互化，而其背后，正是生、死之间的互存、互化。

于是，又有了“我”与“死火”之间的对话，而且是讨论严肃的生存哲学：这更是一个奇特的想象。

> ……我愿意携带你去，使你永不冰结，永得燃烧。
>
> 唉唉！那么，我将烧完！
>
> 你的烧完，使我惋惜。我便将你留下，仍在这里罢。
>
> 唉唉！那么，我将冻灭了！
>
> 那么，怎么办呢？

“冻灭”或者“烧完”：这确实是一个两难。所谓“冻”，就是将生命冻结在既定、已成状态，不试图做任何努力去改变，结果自然就是“坐以待毙”。所谓“烧”，就是将生命之火点燃，获得新的活力；但最终却会“烧完”，不过是“垂死挣扎”。可以看出，“冻”与“烧”是人生道路、态度的不同选择，背后有两种生命哲学。其实，就是自古以来就存在的“无为”与“有为”之争。

鲁迅这里讨论的是，两种选择的最后结局；他要人们正视这样一个无情现实：不仅“冻”的结果是“灭”，“烧”也不能避免“完”的命运。无论选择怎样的生存方式：无为（“冻结”不动）或有为（“永得燃烧”），都不能避免最后的死亡（“灭”“完”）。这是对所谓光明、美好的“未来”的彻底否定，更意味着，在生、死对立中，死更强大：这是必须正视的人的根本性的生存困境，我们可以从中感受到鲁迅式的清醒，绝望与悲凉。

而“死火”的最后选择是——

“那我就不如烧完！”

这是看清了“完”的结局以后的主动选择：“有为（“永得燃烧”）”与“无为（“冻结”）”的价值并不是等同的：燃烧的生命固然也不免于完，但这是“生后之死”，生命中曾有过燃烧的辉煌，自有一种悲壮之美；而冻灭，则是“无生之死”，连挣扎也不曾有过，就陷入了绝对的无价值，无意义。死火的最后选择“那我就不如烧完”！背后有一个“反抗绝望”的人生哲学、生命哲学：首先是“绝望”，清醒面对人生的基本困境，对结局不存任何不切实际得到希望与幻想；然后是“反抗”，仍采取积极有为的人生态度，这就是许广平所说的“以悲观作不悲观，以无可为作可为，向前的走去”。①——这也是鲁迅的选择。

这“死火”的生存困境，两难中的最后选择，都是鲁迅对生命存在本质的独特发现，而且明显地注入了自己的生命体验；因此，我们可以说，这是一种“个性化”的想象与发现。

于是，就有了最后的结局——

他忽而跃起，如红彗星，并我都出冰谷口外。有大石车突然驰来，我终于碾死在车轮底下，但我还来得及看见那车就坠入冰谷中。

“哈哈！你们是再也遇不着死火了！”我得意地笑着说，仿佛就愿意这样似的。

“红彗星”，这是鲁迅赋予他的“死火”的最后形象：彗星的生命，是一种短暂的搏斗，又暗含着灾难，正是死火的命运的象征。但“同归于尽”的结局仍出乎意外，特别是“我”

① 《两地书·第一集·五》，《鲁迅全集》11卷，23页。

也在其中。但“我”却大笑，不仅是因为眼见“大石车”（强暴势力的象征）也坠入冰谷而感到复仇的快意，更因为自己终于与死火合为一体。

“哈哈！”——留下的是永远的红笑。

二、读《雪》

《雪》。——这是对凝结的雨（水）的想象。

“暖国的雨，向来没有变过冰冷的坚硬的灿烂的雪花。”——一开始就提出“雨”与“雪”的对立：“温暖”与“冰冷”，“柔润”与“坚硬”，在质地、气质上存在着巨大的差异，因此，南国无雪。

但江南有雪。鲁迅说它“滋润美艳之至”。“润”与“艳”里都有水——鲁迅用“青春的消息”与“处子的皮肤”来比喻，正是要唤起一种“水淋淋”的感觉。可以说是水的柔性渗入了坚硬的雪。于是“雪野”中就有了这样的色彩：“血红……白中隐青……深黄……冷绿”，这都是用饱含着水的彩笔浸润出的。而且还“仿佛看见”蜜蜂们忙碌地飞，“也听得”嗡嗡地“闹”，是活泼的生命，却又在似见非见、似听非听之中，似有几分朦胧。

而且还有雪罗汉。“很洁白，很明艳，以自身的滋润相黏结，整个的闪闪发光”。——这里也渗透了水。“他也就目光灼灼地嘴唇通红地坐在雪地里”，真是美艳极了，也可爱极了。

但“他终于独自坐着了”。接着被“消释”，被“（冻）结”，被“（冰）化”，以致风采“褪尽”。——这如水般美而柔弱的生命的消亡，令人惆怅。

但是，还有“朔方的雪花”在。

他们“永远如粉，如沙，他们绝不粘连，撒在屋上，地上，枯草上，就是这样。”——是的，“……粉……沙……地……枯草……”，就是这样充满土的气息，而没有半点水性。

而且还有火：有“屋里居人的火的温热”，更有“在日光中灿灿地生光，如包藏火焰的大雾”。

而且还有磅礴的生命运动——

> 在晴天之下，旋风忽来，便蓬勃地奋飞，……旋转而且升腾，弥漫太空，使太空旋转而且升腾地闪烁。

“旋转……升腾……弥漫……闪烁……”，这是另一种动的，力的，壮阔的美，完全不同于终于消亡了的江南雪的“滋润美艳”。

但鲁迅放眼看去，却分明感到——

> 在无边的旷野上，在凛冽的天宇下，闪闪地旋转升腾着的是雨的精魂……
>
> 是的，那是孤独的雪，是死掉的雨，是雨的精魂。

这又是鲁迅式的发现：“雪”与“雨”（水）是根本相通的；那江南“死掉的雨”，消亡的生命，他的“精魂”已经转化成朔方的“孤独的雪”，在那里——无边的旷野上，凛冽的天宇下，闪闪地旋转而且升腾……

我们也分明地感到，这旋转而升腾的，也是鲁迅的精魂……

这确实是一个仅属于鲁迅的“新颖的形象”：全篇几乎无一字写到水，却处处有水；而且包含着他对宇宙基本元素的独特把握与想象：不仅“雪”与“雨”（水）相通，而且“雪”与“火”“土”之间，也存在着生命的相通。

三、读《求乞者》

读，首先要大声地朗读，也就是名副其实地“读”。——鲁迅自己就说过：“我做完之后，总要看两遍，自己觉得拗口的，就增删几个字，一定要它读得顺口。”记得有人回忆说，鲁迅当年一口气写完了《伤逝》，尽管已是深夜，但他仍然大声朗读起来。周作人晚年在《知堂回想录》里，也提到他在病中写了《过去的生命》这首诗，鲁迅在病床旁低声吟诵的情景。——在我的想象中，鲁迅用他的绍兴官话来朗读自己或他人的作品，一定是别有一番趣味的。

那么，我们也来朗读吧。

我顺着剥落的高墙走路，踏着松的灰土。另外有几个人，各自走路。微风起来，露在墙头的高树的枝条带着还未干枯的叶子在我头上摇动。

微风起来，四面都是灰土。

一个孩子向我求乞，也穿着夹衣，也不见得悲戚，而拦着磕头，追着哀呼。

我厌恶他的声调，态度。我憎恶他并不悲哀，近于儿戏；我厌恶他这追着哀呼。

我走路。另外有几个人各自走路。微风起来，四面都是灰土。

一个孩子向我求乞，也穿着夹衣，也不见得悲戚，但是哑的，摊开手，装着手势。

我就憎恶他这手势。而且，他或者并不哑，这不过是求乞的法子。

我不布施，我无布施心，我但居布施者之上，给与烦腻，疑心，憎恶。

我顺着倒败的泥墙走路，断砖叠在墙缺口，墙里面没有什么。微风起来，送秋寒穿透我的夹衣；四面都是灰土。

我想着我该用什么方法求乞：发声，用怎样声调？装哑，用怎样的手势？……

另外有几个人各自走路。

我将得不到布施，得不到布施心；我将得到自居于布施者之上的烦腻，疑心，憎恶。

我将用无所为和沉默求乞……

我至少将得到虚无。

微风起来，四面都是灰土。另外有几个人各自走路。

灰土，灰土，……

……

灰土……

读完了，你的直观感觉、感受是什么？给你印象最深刻的是什么？或者说，你“悟”到了什么？——这些，都是极宝贵的，是我们阅读，以至以后进一步分析、研究的起点。

当然，不同的人，甚至同一个人，在不同的情景、心绪下，感受都会不同。但也会有大体相同或近似的指向——其实也是作品本身提示给读者的指向。

人们首先感受到的，就是全篇极强的诗性与音乐性的特点；如果将其称为“音乐诗”，大概是可以成立的。

而文本给我们的第一感受，而且是永远也忘不了的，大概就是那：灰土，灰土，……灰土……，漫天的灰土……

这是一种“色调”——“灰”蒙蒙的……

这也是一种“声调”——“土”，“乌（u）”韵，仄声；这决定了全文的选词取向：“（走）路”“（哀）

呼”“（态）度”“憎恶”“（虚）无”，全是“乌”韵。此外，“（求）乞”“（夹）衣”“（悲）戚”“（儿）戏”“（哑）的”“（手）势”“（法）子”“（布）施”“（烦）腻”，用的都是“衣（i）”韵。这样的词语选择，给人的感觉是偏于暗的，浊的，重的，冷的。总之给人以压抑感与荒凉感。而在“灰土……灰土……灰土……”的不断重复中，又给人以单调感：它会让人的心都麻木了。

是的，这无所不在的“灰土”是会渗透到我们的心里去的。

鲁迅早就有生活“在沙漠里”的感受，并且这样写道：“是的，沙漠在这里。没有花，没有诗，没有光，没有热。没有艺术，而且没有趣味，而且至于没有好奇心。沉重的沙……”[①]

于是他引述明遗民的话，说自己不过是住在“活埋庵”里，[②]早就被“灰土（沙漠）”掩埋了。

这样，这外在的“灰土”就内化为“灰土感”，成为一种令人窒息的，失去了一切趣味、欲望，没有任何活力的，沉重的生命体验。“灰土”一词也就上升为一种象征，一个揭示人

① 鲁迅：《为“俄国歌剧团”》，《鲁迅全集》1卷，403页。
② 鲁迅：《通讯》，《鲁迅全集》3卷，22页。

的生存困境的“编码”。

“灰土”之外，还有“墙”。是“高墙”，而且是“剥落”的。

“墙”边上，有人。“我顺着……高墙走路，……另外有几个人，各自走路”。这一景象在文章中反复出现，构成了“画面”的基本动作与背景。——整篇《求乞者》有极强的画面感，是可以化为绘画、摄影与电影、电视的图像的。

而且背景画面是动态的：后来“高墙”就变成了“泥墙”，而且是“破败”的；“断砖叠在墙缺口，墙里面没有什么”——连那“高树的枝条”，“还未干枯的叶子”，仅有的一点生气，也没有了。

变化的还有“风”：开始的“微风”，穿着夹衣似乎还可以勉强御寒；后来微风再起，就“送秋寒穿透我的夹衣”了。

这样的愈加“破败”，愈加寒冷，与前面所说的愈加浓厚的“灰土”相叠合，给人以日益强烈的压抑感与荒凉感。

然而“动”中有“不动”，“变”中有“不变”：无论外在世界有什么变化，那“几个人”总在墙下“各自走路”。

这意味着什么呢？

鲁迅早就说过：“在我自己，总仿佛觉得我们人与人之间各有一道高墙，将各个分离，使大家的心无从相印。这就是我们古代的聪明人，即所谓圣贤，将人们分为十等，说是高下不同，……使人们不再感到别人的精神上的痛苦。”[①]

鲁迅还发出这样的感叹：“楼下一个男人病得要死，那间壁的一家唱着留声机；对面是弄孩子。楼上有两人狂笑；还有打牌声。河中的船上有女人哭着她死去的母亲。人类的悲欢并不相通。我只觉得他们吵闹。”[②]

无论在中国的传统等级社会，还是在现代大都市，鲁迅都敏感到了人与人的隔膜。他进而感到的是“人类的悲欢并不相通”。那么，这心灵的隔绝就不仅是社会、历史的，更是人类本身的。人于是永远“各自走路”。——这里传递给我们的，正是一种近乎绝望的孤独的生命体验。

在《求乞者》里，鲁迅一而再，再而三，三而四地吟叹——

微风起来，四面都是灰土……

另外有几个人，各自走路……

---

① 鲁迅：《俄文译本〈阿Q正传〉序及著者自叙传略》，《鲁迅全集》7卷，83页。

② 鲁迅：《小杂感》，《鲁迅全集》3卷，555页。

这两个句子，是这篇“音乐诗”的主旋律。

它有着多方面的功能：如前所分析，它揭示着人（特别是中国人）的生命枯竭、心灵隔绝的生存困境，又凝结着鲁迅个体的悲凉、绝望的生命体验，从而构成了下面我们将作详尽分析的“音乐诗”的主体内容的心理背景。

它同时规定了一种色调，声调，也即“音乐诗”的基本“调子”。——顺便提醒注意：这两个句子以“四（字）、六（字）”与“六（字）、四（字）”的结构交错对应，并用同一尾韵，也是规定了全篇的节奏模式的。

而这两句主旋律在全篇中四次呈现，而又各有变化，就自然地把《求乞者》这首“音乐诗”分为四个“乐章”：全篇共有十八个“乐段”（每段又有多少不一的“乐句”）；一至四“乐段”构成第一“乐章”，五至八“乐段”构成第二“乐章”，九至十四“乐段”构成第三“乐章”，十五至十八“乐段”构成第四“乐章”。——这里，两个主旋律句的结构功能是十分明显的。

现在可以进入文本“细读”。我们设想，可以从“节奏”分析入手：节奏是“音乐诗”的基本特质，是鲁迅内在情感波动的显示，是我们进入鲁迅精神世界的一个通道。

先读“第一乐章”。这是一个“呈现”部。开头两句连续两个“走路”，凸现了全篇的主要动作，暗示着人生的旅程。同时呈现的是“墙”与“灰土”，构成了“走路”的背景；“我”与“另外几个人”则是“走路”的主体，“各自走路”则暗示着一种关系（冷漠与隔膜），主旋律的前半句自然显现，全篇的基本色调与音调也随之显出。但作者并不急于推出主旋律的后半句，而是插入一段描写，就像是一个摇镜头，露出了全篇唯一的“亮色”：“还未干枯”的叶子在“摇动”；同时用了全篇唯一的长分句：多达二十五个字，而据我们的统计，全篇六十三分句，平均每分句五点九字，显然是着意地放慢速度，造成舒缓的节奏。——这是音乐中的“慢板”，是客观的叙述、呈现。一切都还没有发生，心绪是平静的，尽管有些压抑。

然后是主旋律的后半句的突然呈现。——前面是三个乐句组成一个乐段，这里只用一句组成，这骤然的收缩，会造成强烈的效果。而这一乐段的主体“灰土”与“微风”，既是前一乐段的重复，再次呈现，又是力度（风）的加强与范围（灰土）的扩大（四面），以致淹没了整个画面，然后“淡出”，完成了第一步“背景呈现”的任务。

再次显现是“一个孩子”突然闯入镜头，“求乞”的动作也出人意料。“也穿着夹衣，也不见得悲戚”，这两句都是“我”的观察与判断：客观呈现变成了主观呈现；“也……也”的重复，以及下面“拦着……追着”的句式的重复，都表现了“我”的反感与烦乱。——前面舒缓的节奏被打断了。心绪的平静也打破了。

接着的第四乐段是这一乐章的重心所在：“长（七字）——短（二字）‖——长（八字）——短（四字）——长（九字）”句的交错，节奏上的变速，背后是一个“W”形的抑扬起伏的情绪结构，“我厌恶——我憎恶——我烦腻”三个排比重复的短语，正处于强音部，并且是逐级上升（从声音的强度到意义的深度）。这一乐段还有两处很值得注意：一是这三个短语分处于两个（而不是三个）乐句，“我憎恶……”与“我烦腻……”之间是用“；”号（而不是“，”号）分开：这就造成了沛然而下的语势。另一是“我腻烦他追着哀呼”句中加上一个“这”字，变成“我腻烦他这追着哀呼”，又形成了语气上的一个顿挫。——这样的语言节奏上的精心安排，正是表现了内在情感的涌动，是一种烦躁不安的生命的律动，给读者（听众）留下了极其强烈的印象，而且有突兀感，自然要提出这样的问题：为什么一个孩子的求乞会引起“我”如此异乎寻常的反响？他“厌恶”“憎恶”“腻烦”的是什么？

我们且放下这个问题，继续“读”第二乐章。

一开始，第一乐段就是主要动作的重现：“我走路”，但第一乐章中“走路”前的修饰语已全部省略；“主旋律”也再度呈现；“另外有几个人各自走路。微风起来，四面都是灰土”，前一乐章主旋律中的两句是分别、逐渐显出的，这里却是同时集中推出：这都是一种收缩型的重复，显然加快了节奏。而“另外有几个人各自走路”也不再断开，连贯一气，同时全段又形成了“短（三字）——长（十字）——短（四字）——长（六字）”的结构，与前一乐章最后一节的“W”形结构形成了一种对比与错位。

第二乐段，又是主要情节的重现：“一个孩子向我求乞，也穿着夹衣，也不见得悲戚”——在完全的重复中，显示着内心的烦乱。然后一个短句“但是哑的”，表示着惊异以致愤怒；紧接着两个三字句、四字句：“摊开手，装着手势”（“装着手势”与前面“近于儿戏”是一个暗的重复），节奏越来越快，厌恶的情绪逐渐上升。而这一乐段中，由“乌”韵换成了“衣”韵，情调也更加低沉、压抑。

于是跳出一句："我就憎恶他这手势"——请注意：这里重复的是前一乐章中第二级的情感"憎恶"，尽管"厌恶"的情绪已暗含在前面的叙述、呈现之中，但仍给人以突兀感，显然是忍无可忍中的喷发（但还未到顶点），一个"就"字突现了情绪的激昂。接着一句"而且"，一个"，"号，又出现一个转变，一个停顿："他或者并不哑，这不过是一种求乞的法子。"连续两个六字句、十一字句，显然拉缓了速度，"或者"这样的表不定关系的词，带入了沉思与怀疑：这是情绪上的一个顿挫，可以说是蓄势待发。

果然是一个大爆发："我不布施，我无布施心，我但居布施者之上，给予烦腻，疑心，憎恶。"

——这是典型的鲁迅的语式："我不……""我无……"，人们很容易就联想起《影的告别》里的那连续十二个"不"字，这是这位拒绝现存秩序的反叛者，心灵深处的呼喊，生命的最强音。

前三乐句，分别是四字、五字、八字结构，逐步上升，也表示着意义上的逐渐深入：不仅拒绝"布施"，连"布施心"都没有，而且还要高居于布施者"之上"，投以蔑视的眼光。——这是为什么？最后一个乐句又突然转入四、二、二短句结构，逐渐下降，密度却加强了。"烦腻——疑心——

憎恶”三个词组的组合，在音响与意义上都有一个“强——弱——强”的起伏，而以“憎恶”两个去声字将全乐章顿住。

第三乐章第一乐句，句式再度拉长（“十字——七字——七字”），而且又是“我……走路”：这是主要动作的三次呈现，但前既有修饰语（“顺着倒败的泥墙”），又有后续的描述（“断砖叠在墙缺口，墙里面没有什么”）：这是一种扩散型的重复（与前一章的收缩型重复形成对照），显然减缓了速度。这里的“泥墙”是对第一乐章中的“高墙”的隔章呼应（重复），但“高”“泥”一字之变却暗示着人世沧桑，而“败落”“断”“缺”的修饰语更是透露着荒凉，“里面没有什么”干脆报告连第一乐章中仅仅一现的一点亮色（“还未干枯的叶子在摇动”）也消失了。因此这一乐句节奏的舒缓里实际是深藏着内在的紧张的。而第二乐句仅只重现主旋律的半部，其中又插入“送秋寒穿透我的夹衣”，几乎把“穿透”一切的“寒”意都传给读者了。——为什么会如此的悲凉？

第二乐段“我想着……”又是一个突起：从结构上看，这是与上两章“一个孩子向我求乞……”对应的；但却从“我看他人求乞”的审判式，变成了“我想我将用什么方法求乞”的自省式。这也正是鲁迅式的思维：一切对他人的批判最终都会转化为自我批判，或者说他总能从自己的内心深处挖掘出所要批判的“毒气”来。于是，“发声，用怎样声调？装哑，用怎样手段？”这一方面都是前两章的相应描述的重复，但都指向了自己，是对自己内在求乞与表演欲求的无情揭示，而且用的是设问式的不定语式，“二——五——二——五”字的结构，也加强了语言的速度与密度，显然进入了紧张地思索与追问。

主旋律的另一半“另外有几个人各自走路”又突然跳出。一句一个乐段，又戛然而止。这一段看似客观呈现，插入“我”的主观内省之间，但却加重了悲凉、绝望的气氛，而这悲凉、绝望正是已经渗透“我”的心灵深处的。

继续“求乞后果”的思考。“我将得不到布施，得不到布施心；我将得到自居布施者之上者的烦腻，疑心，憎恶”，几乎是前一章的重复，但由“我不”到“我得不到”，由“我给与”到“我将得到”，这是从主动到被动，从拒绝到被拒绝，从“烦腻，疑心，憎恶”他者到“烦腻，疑心，憎恶”自己的翻转，这就构成了对自我内在的“求乞”与表演欲求的批判性审视。从表面上看，这一段反向的重复与前一章相比，在语言的力度与情绪的激昂度上都有所减弱，但却更具有一种内在的震撼力。从全乐段的布局上看，这又是一个节奏与情感上的顿挫与蓄势。

于是又有了再一次爆发："我将用无所为和沉默来求乞……"，这十二字一气呼出的长句，是前一乐段"我不……我无……"的呼应，是用不同的语式表达的意念上的重复：鲁迅在自省之后，重又肯定与坚持了自己的"拒绝"立场：不仅拒绝"布施"，也拒绝"求乞"与表演；他所选择的，是"无所为"与"沉默"，用无动作与无声音来抗争，就像三个月后所写的《复仇》里那旷野中的男女，"裸着全身，捏着利刃，干枯地立着"，或者如《颓败线的颤动》里的老女人"举两手尽量向天"，"说出无词的言语"。这都是鲁迅的主题，生命的最强音。——于是我们又注意到这段文字的结尾的省略号，是言犹未尽，也是一个"无言"的空白。

这样的选择的"后果"如何呢？——"我至少将得到虚无"。一个八字句（比平均五点九字稍长）组成一个乐段，语气是平静的。但"虚无"的绝望感也还在潜行。在前一乐段的高昂、急促与愤激之后，又跌入了平缓的低音区。

最后一乐章，主旋律四度响起。又回到第二乐章同时显现的方式，形成了"二、四（章）呼应"（一、三乐章都是被隔开的），但却有了次序的置换：首先显现的是"灰土"，然后是"各自走路"的"人"。如果前几个乐章，"灰土"仅是一个环境、背景，“音乐诗”发展到最后，“灰土”就是整个“世界”——

“灰土，灰土……”，整个画面都被淹没了。只听见喃喃的低吟：这无所不在的灰色与干枯的，无所黏滞的土啊……（从结构上，这一乐段是与第一乐章第一乐段里的“踏着松的灰土”相呼应的）。

“……”，与前一乐章中的两个省略号重复，但却独立构成一个乐段，这正是音乐中与诗歌中的停顿和绘画中的空白，给读者的心理感受却是“灰土”的弥漫：已经渗透到心坎里去了。

“灰土……”，几乎被窒息的生命只挣扎出这两个字。同时是全篇基本色调、音调的最后呈现，主旋律被压缩了的最后呈现。这是“音乐诗”中最短促、最微弱的乐音，却又是沉甸甸的。

省略号的第五次重复，预示着接着是沉默，没有终止的终止。

我们已经通过文本的细读，体味了外在音乐节奏的律动与内在情感的律动；我们发现，主要动作（“我走路”）、背景（“墙”“灰土”“各自走路的人”）、基本事件（“一个孩子向我求乞”），以及主旋律的不同形式的重复与变化，对应与交错对比，长短句式的变换使用所造成的节奏的快、慢，缓、急，疏、密，抑、扬，顿、挫，显示了作家（“我”）的情感的起伏，牵拉，纠缠，扭结，形成了极为复杂的文本与情绪结构。而居于结构中心的是两个最高点，或者说，所有的组合与变化，都是为了推出这两个“高峰”——

> 我不布施，我无布施心，我但居布施者之上，给予烦腻，疑心，憎恶。
>
> 我将用无所为与沉默求乞！……

这是全篇精神之核，构成了这首“音乐诗”的魂，是我们应该全力抓住的。

因此，我们的讨论还要深入一步。有些问题也是前面的阅读中有意留下的。首先，我“烦腻、疑心、憎恶”的，究竟是什么？事情是由孩子的求乞所引起的；但反感似乎主要并不在求乞本身，或者说鲁迅对求乞的感情是复杂的：他当然是反对（至少是不赞成）求乞的，无论如何这是对他人的一种依附，因此才有后文他自己对求乞的拒绝；但他对处于不幸中的人们的不得不求乞，又有一种感同身受的理解，在《呐喊·自序》里鲁迅就谈到过自己幼时出入当铺与药店，家庭“从小康坠入困顿”的痛苦经验与体验，其中就有被迫“求乞”的屈辱。可以说鲁迅是作为一个曾经“求乞者”来看待求乞的，因此，引起强烈反应的是求乞者本人“并不悲哀”（“也不见得悲戚”），也就是并未自觉到自己的不幸；但却“近于儿戏”地“追着哀呼”，以致以“装”哑作“求乞的法子”。既不知悲哀（不幸）又“表演”悲哀（不幸），这双重的扭曲才引出鲁迅如此巨大的情感风暴。鲁迅以后还有对“做戏的虚无党”“文字的游戏国”的更为深入的批判；而发生在不幸者，尤其是孩子身上的“做戏”（“游戏”），是格外让鲁迅感到震动的，这其实是深藏着一种更大的“爱”的（即所谓“哀其不幸，怒其不争”）。

但我们的讨论仅至于此，或许仍是停留在经验与体验的层面。鲁迅恐怕是“意”在更为超越、普遍的层面：“给予”与“被给予”其实是表示了人与人之间的根本关系的。因此，这篇《求乞者》真正主题正是前述两座“高峰”所提出的“求乞”与“布施”。关于这一点，王乾坤先生的《盛满黑暗的光明》里有一个很好的阐述：“乞讨与布施，呼救与解救，关乎同情、怜悯或慈悲。这个主题在宗教史、思想史上和现实生活中不仅有普遍性，而且有非常核心的地位。佛教把‘布施度’作为‘六度’之首提出，以其为到达‘波罗密’（彼岸）的起码修持。基督教更是称为‘怜悯的道德’，以至尼采认为，对怜悯的态度可以试探和证明真正的意志力。”[①]鲁迅宣称“我不布施，我无布施心，我但居布施者之上，给予烦腻，疑心，憎恶”，宣布“我将以无所为和沉默来求乞”，正是对“同情（怜悯，慈悲）”的拒绝。这确实构成了鲁迅思想、哲学的一个基本性的观念。这在鲁迅的著作中是可以找到很多证明的。这里不妨做一点引录——

> ……你的善于感激，是于自己有害的，使自己不能高飞远走。我的百无所成，就是受了这癖气的害，《雨丝》上的《过客》说：“这于你没有什么好处”，那“这”字就是指“感激”。我希望你向前进取，不要记着这些小事情。[②]

> ……凡有富于感激的人，即容易受别人的牵连，不能超然独往。感激，那不待言，无论从哪方面说起来，大概总算是美德罢。但我总觉得这是束缚人的。……因为感激别人，就不能不慰安别人，也往往牺牲了自己，——至少是一部分。

① 王乾坤：《盛满黑暗的光明》，载《鲁迅研究月刊》1998年第19期。
② 鲁迅：《致赵其文》，《鲁迅全集》11卷，472页。

在《铸剑》里“黑色人”宴之敖者的一段话，在某种程度上也是可以看作是鲁迅的心声的：

> ……不要再提这些受了污辱的名称，……仗义，同情，那些东西，先前曾经干净过，现在都成了放鬼债的资本。我的心里全没有你所谓的那些。我只不过要给你报仇！……你还不知道么，我怎样地善于报仇。你的就是我的；他也就是我。我的魂灵上是有这么多的，人我所加的伤，我已经憎恶了我自己！

如王乾坤先生所分析，这里确实有对尼采思想的共鸣与呼应：同情，怜悯……无论对人对己，都会让人把希望和力量寄于身外，从而导致生命力与意志力的减弱或丧失，背弃了自我。我也完全同意王乾坤先生的意见：鲁迅与尼采的相同点似乎到此为止，鲁迅并没有尼采那样的“不能叫人放心的贵族气”，尼采指责怜悯是“为那些被剥夺了生存权以及为生活所淘汰的人做辩护”，而鲁迅恰恰是为生活中的弱者的生存权做辩护的，只是他强调的是弱者自强，而不是等待他人的恩赐。如前面所引，鲁迅也并不完全否定同情与感激，他的伟大的憎是根源于伟大的爱的。

我更关注的是，鲁迅尽管心中并不缺乏爱，甚至可以说他的生命是以对他人（特别是弱者）与人类的悲悯作为底色的；但他确实选择了憎，并且努力排除爱与悲悯，这才有本文“不布施，无布施心”，自己也拒绝接受布施的选择。于是我注意到了《铸剑》里所说的“我的灵魂上是有这么多的，人我所加的伤，我已经憎恶了我自己”这句自白。鲁迅灵魂所受的伤害，恐怕是所有的人都估计不足，甚至可以说是难以估计的；这种刻骨铭心的伤害，产生了两个方面的反力：一面是形成了鲁迅对人生，世界，他人，人性等等，特殊的黑暗、虚无感受，这种黑暗感、虚无感渗入骨髓，凝聚成心灵深处的毒气与鬼气——过去我们只是简单地把这种毒气与鬼气理解为传统的思想鬼魂对他的影响与纠缠，其实也许这内心深处的黑暗感、虚无感才是更为根本的；我们前面在阅读这篇《求乞者》时所强烈感受到的无所不在的“灰土”的窒息感和人们“各自走路”的隔绝感，那“穿透”一切的“秋寒”、冷气，都是这郁积于心的黑暗感、虚无感的显露。反力的另一面，就是鲁迅所选择的“我不布施，我无布施心，我但居于布施者之上，给予烦腻，疑心，憎恶”这样一种反抗方式：将可能导致内心的软弱的心理欲求（如“布施、同情、怜悯”之类）、情感联系（如“布施心”）通通排除，隔断，铸造一颗冰冷的铁石之心，以加倍的恶（“烦腻，疑心，憎恶”之类）对恶，加倍的黑暗对黑暗，在拒绝一切（“无所为与沉默”）中，在与对手同归于尽中得到“复仇”的“快意”。鲁迅的这种选择，是一把双刃剑：既对他的敌人有极强的杀伤力（所谓“寸铁杀人”），而且毋庸讳言，也伤害了他自己，构成了他内在心灵上的毒气与鬼气。鲁迅因此说他自己也将“得到自居于布施之上者的烦腻，疑心，憎恶”——凡指向对手的也将反归自己，这实在是十分残酷与可怕的。

鲁迅这样的“自残”式的选择，不仅付出的代价太大，而且是很难重复的，很可能是“学虎不成反成犬”。鲁迅一再强调他的《野草》（当然也包括《求乞者》这篇）不足给青年人看，原因即在此。最近有人写了一篇文章，题为《面对黑暗的几种方式》，提出了一个很有意思的问题：毫无疑问，我们每一个人都必须“面对黑暗”，也就是鲁迅所说，走出瞒和骗的大泽，敢于正视淋漓的鲜血，在这一点上是不能含混的，也是必须向鲁迅学习的；但如何“面对黑暗”，却应该有更多的选择，鲁迅这种“以恶对恶，以黑暗对黑暗”的方式只是其中的一种。作者这样的看法可能会引起争议，甚至产生某种误解，但我以为还是能够更深入地思考一些问题的。不过这已是题外话了。

四、读《影的告别》

形影关系的解读

首先这个题目给我们带来奇异之感，每个人都有影子，但你想过你的影子有一天要和你告别吗？你的影子和你告别又是一个什么情景呢？他以什么理由、什么姿态来和你告呢？这就提出了一个人的形和人的影的关系问题。其实形影关系是一个古老的哲学命题，在鲁迅这里就有了一个独特的创造。这里谈谈我的理解。

我认为鲁迅笔下的“形”有两个特点：一是群体的存在，二是按照社会规范的常规、常态去生活的。这是我们大多数人的“形”的存在状态。而“影”相反，也有两个特点：一是个体的存在，二是现行社会规范的反叛者，是异端。这样一个个体的、现行规范的反叛者必然要向按照常规常理生活的群体的“形”告别。什么时候告别？“人睡到不知道时候的时候，就会有影来告别”，这句话给人以做梦的感觉：确实，梦到最深处，就不知道时间，影就出来向你告别了。

> 说出那些话——
>
> 有我所不乐意的天堂里，我不愿去；有我所不乐意的在地狱里，我不愿去；有我所不乐意的在你们将来的黄金世界里，我不愿去。
>
> 然后你就是我所不乐意的。
>
> 朋友，我不想跟随你了，我不愿住。
>
> 我不愿意！
>
> 呜乎呜乎，我不愿意，我不如彷徨于无地。

流动的生命：对“有”“住”的拒绝

这短短的五个小节里，用了十一个“我不愿意”。“我”，这是一个强大的主体；“不”，这是一个无条件的、无讨论余地的拒绝。首先震撼我们的是“我不”，这样一个强大的独立的主体，无条件地拒绝什么？首先宣布“不乐意的在天堂里和地狱里”，这个“天堂”和“地狱”是人们所生活的现实世界，在有的人眼里是天堂，在有的人眼里是地狱，而不管是天堂地狱，我都不愿意，要拒绝的首先就是这个现实世界。然后又进一步拒绝“你们将来的黄金世界里”，对人们所许诺的、未来的美好黄金世界“我也不愿意”。最后，连你生活在既定的秩序里、既定的原则里的规范群体，我也拒绝。所以这个“拒绝”是彻底，对已有的一切的拒绝，对既定的一切的拒绝。从根本上这是对“有”的拒绝。

“呜乎呜乎，我不愿意，我不如彷徨于无地”。这里又提出了两个概念。一是“无地”，“无”是对“有”的否定。一是“彷徨”，表达的是生命的一种流动不决的状态，是一种流动的生命，和前面讲的“我不愿住”中的“住”是不一样的。这里有两对对立词，“无”与“有”，“彷徨”与“住”。我拒绝“有”而选择“无”，拒绝“住”而选择“彷徨”。我的生命将永远存在于“无”当中，处于流动不居的状态。

最后的选择：“在黑暗里沉没”

那么，我是谁？“我不过一个影”，一个从群体中分立出来的、从肉体状况中分离出来的精神个体的存在，我“要别你而沉没在黑暗里了”。

我（影）将遭遇什么？“然而黑暗又会吞并我，然而光明又会使我消失”。这里用了两个“然而”，写尽了影的命运：我是反抗黑暗者，因此黑暗会吞并我；而且我的意义就在于和黑暗反抗，一旦黑暗消失、光明真正到来时，我也就消失了。所以“影”既不属于黑暗，也不属于光明。

那还有什么选择？或许可以“彷徨于明暗之间”？但我不愿意，这样的折中、妥协的生活，是我不想、不能选择的，我要追求生命的彻底状态：“我不如在黑暗里沉没。”拒绝了一切之后，最终选择了“在黑暗里沉没”。

那么，什么时候走进黑暗？“然而我终于彷徨于明暗之间，我不知道是黄昏还是黎明。”搞不清楚我的处境是什么，是黄昏还是黎明？“我姑且举灰黑的手装作喝干一杯酒，我将在不知道时候的时候独自远行”。这里描绘了一个很有意思的自我形象：“举灰黑的手装作喝干一杯酒”。这也是我留在这个现实世界的最后一个形象。然后毅然决然地在“不知道时候的时候独自远行”。

但又有了问题：选择什么时候独自远行？“呜乎呜乎，倘若黄昏，黑夜自然会来沉没我，否则我要被白天消失，如果现是黎明”。这又回到前面的困惑：黄昏后面是黑暗，将把我吞没；黎明之后是白天，也会把我消失：连什么时候走、怎么远行也都感到困惑。

不管怎样，“朋友，时候近了”，总得有一个选择，总得走，“我将向黑暗里彷徨于无地”。

临行之前，又有个问题：要不要留点什么东西？“你还想我的赠品。我能献你甚么呢？无已，则仍然是黑暗和虚空而已。但是，我愿意只是黑暗，或者会消失于你的白天；我愿意只是虚空，绝不占你的心地。”这里连续出现了两个“愿意”，和前面说的“我不愿意”形成对比，我愿意什么？“愿意只是黑暗”，“愿意只是虚空”，“绝不占你的心地”。

生命的黑暗体验：选择了黑暗，就获得了光明

从文章开头到这里经历了一个过程，开始拒绝已有的一切，最后选择黑暗。选择黑暗的结果又如何呢？“我愿意这样，朋友——我独自远行，不但没有你，并且再没有别的影在黑暗里。”在获得真正的孤独的自己以后，就发生了转换：悲观到极端，完全被黑暗沉没，我就获得了黑暗，“那世界全属于我自己”。也就是说，我独自承担了黑暗的一切，黑暗的孤独、空虚等等，我就获得了一个更加广大的、完全属于我的世界：这才是生命中的“大有”，这才是生命的完成：从拒

绝“有”进入“无”，然后由“无”进入更大的“有”：这样的生命的黑暗体验，是人生难以达到的、可遇不可求的。

其实，我们每个人都会有不同程度的黑暗体验：独自一个人，到高山上去，你会有极度的黑暗感；睡沉了，也会有被黑暗淹没的感觉。这样的完全属于自己的黑暗体验，是生命的大沉溺，既不可言说，又是如此的安详而充盈，如此的从容而自尊，如此的自信而尊严。你落入了生命的黑洞里。但这是把所有的光明都吸纳进来的黑洞，存在着一种内在的、本质的光明，一个充盈着黑暗的光明。鲁迅说过，他是爱夜的人，又说爱夜的人要有爱夜的眼睛和爱夜的耳朵。不是所有人都有爱夜的眼睛，也不是所有人都有爱夜的耳朵。有了爱夜的眼睛和耳朵，就会感受生命黑洞里的无限光明和无限广阔，而且这个世界仅仅属于自己。这是怎样的生命境界！

《影的告别》里就讲了三个东西：一是你拒绝什么：“我不愿意”；一是你选择、承担了什么：“我愿意”；最后，你又获得了什么：“那世界全属于我自己”。这都是基本的生命命题。而最引人深思的，自然是“影”与“形”的不同选择与命运。而最终做出怎样选择，承受什么命运，又是我们（包括本文读者）自己的事。

五、读《墓碣文》

“我梦见自己正和墓碣对立，读着上面的刻辞。那墓碣似是沙石所制，剥落很多，又有苔藓丛生，仅存有限的文句——于浩歌狂热之际中寒；于天上看见深渊。于一切眼中看见无所有；于无所希望中得救。”

于无所希望中得救

这些浩歌狂热，天上、一切和希望，都是大多数人常规思维下的现实经验和逻辑。鲁迅在其中看见、感受到什么？在“浩歌狂热”中他感到的是“寒冷”；在大家都赞美向往的天上，他看到的是“深渊”；在人们拥有的一切中，他看到的是“无所有”；于是，他在“无所希望中得救”。这是典型的鲁迅对抗常规、主流的一种思维，且是鲁迅思维里最深刻的部分。也就是说，鲁迅是用另外一双眼睛，另外一种思维来看世界，是另外一种存在，是中国文化、思想的异端，是对既有的、常规的大多数人的经验和逻辑的一个历史性的否定和历史性的拒绝。“于无所希望中得救”，其实就是我们刚讨论过的《影的告别》的逻辑：拒绝“一切有”后，反而得救了。

这样一个异端的另外存在，在中国文化与现实中必然是孤独的，所以就有了“游魂”。

“……有一游魂，化为长蛇，口有毒牙”，这是鲁迅的自我形象。鲁迅很喜欢蛇，专门写诗歌颂蛇，把自己比作纠缠不止的“毒蛇”。他强调这个“游魂”化成的“长蛇”，口有毒，却“不以啮人，自啮其身，终以殒……”不只是批判别人，更多是批判自己。这是一个重要的信息：如果《影的告别》讨论的是对外部的拒绝，对既有的、将有的一切的拒绝，那么，《墓碣文》就发展到拒绝自己，把否定、怀疑、批判的锋芒指向自己。这是一种更彻底的真正的否定。鲁迅的思想也因此进入了另外一个高度：在批判、怀疑了包括自我在内的一切以后，他要追求什么？

“我绕到碣后，才见孤坟，上无草木，且已颓坏。即从大阙口中，窥见死尸，胸腹俱破，中无心肝。而脸上却绝不显哀乐之状，但蒙蒙如烟然。”这也是鲁迅自我形象的描绘，“胸腹俱破，中无心肝”，脸上绝无任何表情，“蒙蒙然”：这是典型的鲁迅恐怖修辞。

放逐自我，追求本味

更重要的是下面的碑文，“抉心自食，欲知本味”，自嚼的目的是要“追求本味”，所谓“本味”就是尚未被现有经验、思想和逻辑秩序所侵蚀的人的自我的本真状态。

但更加残酷的问题在于，“……痛定之后，徐徐食之。然其心已陈旧，本味又何知？……”最后发现本味是不能知，“何由知”的，人早已异化，再也回不到那样一个不被污染、不受束缚的人的纯真、本真状态了！鲁迅的悲观主义，鲁迅的绝望就达到了顶点。“本味不由知”就意味着自我拯救的可能性也不存在，就只有选择在黑暗搏斗中的毁灭，自己和所要反对的黑暗同归于尽，把最后拯救的希望也彻底地消除！

于是，就有了这样惊心动魄的一句：“……答我。否则，离开！……”这不仅是放逐读者，更是自我的放逐。

“我就要离开。而死尸已在坟中坐起，口唇不动，然而说——‘待我成尘时，你将见我的微笑！’”这是完全绝望的，甚至连绝望也没有的死亡之笑。这“微笑”真正震撼着我们每个人的灵魂。

“我疾走，不敢反顾，生怕看见他的追随。”

六、读《颓败线的颤动》

“我梦见自己在做梦。”鲁迅《野草》很多篇第一句都是在做梦，“自身不知所在，眼前却有一间在深夜中禁闭的小屋的内部，但也看见屋上瓦松的茂密的森林”。这是我们经常可以在鲁迅小说中看见的一个场景。

梦境里的悲剧

“板桌上的灯罩是新拭的，照得屋子里分外明亮。在光明中，在破榻上，在初不相识的披毛的强悍的肉块底下，有瘦弱渺小的身躯，为饥饿，苦痛，惊异，羞辱，欢欣而颤动。弛缓，然而尚且丰腴的皮肤光润了；青白的两颊泛出轻红，如铅上涂了胭脂水。”大家可能会读得出来，这是一个妓女出卖肉体的一个场面，“苦痛，惊异，羞辱，欢欣而颤动”都是在性交过程中的感受，写得非常真切。

灯火也因惊惧而缩小了，东方已经发白。然而空中还弥漫地摇动着饥饿，苦痛，惊异，羞辱，欢欣的波涛……。

“妈！”约略两岁的女孩被门的开阖声惊醒，在草席围着的屋角的地上叫起来了。

“还早哩，再睡一会罢！”她惊惶地说。

“妈！我饿，肚子痛。我们今天能有什么吃的？”

“我们今天有吃的了。等一会有卖烧饼的来，妈就买给你。”她欣慰地更加紧捏着掌中的小银片，低微的声音悲凉地发抖，走近屋角去一看她的女儿，移开草席，抱起来放在破榻上。

“还早哩，再睡一会罢。”她说着，同时抬起眼睛，无可告诉地一看破旧的屋顶以上的天空。”故事情节往前发展，我们就知道这位妇女出卖肉体是因为她女儿的饥饿，她们的母女之情非常动人。

空中突然另起了一个很大的波涛，和先前的相撞击，回旋而成旋涡，将一切并我尽行淹没，口鼻都不能呼吸。

这里突然出现了“我”，前面都是讲一个故事，但这里讲了“我”对这个故事的感受，“我”对这个故事……母亲为了自己的儿女而出卖肉体的悲剧的感受，他感觉在内心掀起了很大的波涛。

“我呻吟着醒来，窗外满是如银的月色，离天明还很辽远似的。”这里就提出一个问题，“我”为什么对这位妇女出卖肉体而感到这样大的震动？由此他想到了什么？这是故事的前半部。

“我自身不知所在（是第二个梦），眼前却有一间在深夜中禁闭的小屋内部，我自己知道是在续着残梦。可是梦的年代隔了许多年了。屋的内外已经这样整齐；里面是青年的夫妻，一群小孩子。”也就是说她当年出卖肉体救活这个孩子长大了，结婚了，有了家庭，而且还有了自己的孩子，也就是说“我”有了自己的孙子、孙女。

但是他们“都怨恨鄙夷地对着一个垂老的女人”。

> “我们没有脸见人，就只因为你，”男人气忿地说。“你还以为养大了她，其实正是害苦了她，倒不如小时候饿死的好！”
>
> “使我委屈一世的就是你！”女的说。
>
> “还要带累了我！”男的说。

“还要带累他们哩！”女的说，指着孩子们。

最小的一个正玩着一片干芦叶，这时便向空中一挥，仿佛一柄钢刀，大声说道：

“杀！”

她用自己的生命、自己的青春、自己的肉体养活这些孩子，最后得到的是孩子的怨恨。而且最可怕的是孙子要“杀”！

鲁迅的精神困境

那垂老的女人口角正在痉挛，登时一怔，接着便都平静，不多时候，她冷静地，骨立的石像似的站起来了。她开开板门，迈步在深夜中走出，遗弃了背后一切的冷骂和毒笑。

这里鲁迅对老女人的形象有一个刻画，说她“冷静地，骨立的石像”。显然这是有喻义的，鲁迅从这个牺牲的母亲、遭到儿女抱怨的母亲身上，看到了自己的命运，也即是他这一代启蒙主义者的命运。他们为了唤醒年轻一代不惜牺牲了一切，包括自己的身体，可他们所得到的却是抱怨，却是放逐，甚至第三代都是一片“杀、杀”之声，这是鲁迅典型的启蒙主义梦的破灭。但请注意最后一句“她冷静地，骨立的石像似的站起来了”，其实不是一个女人站起来了，而是鲁迅自己站起来的，“骨立的石像”其实就是鲁迅自己的一个形象，他站立起来了，“她开开板门，迈步在深夜中走出，遗弃了背后一切的冷骂和毒笑”，前面是讲她的儿女们把她遗弃，现在是她主动遗弃了儿女，这就回到鲁迅“拒绝”的主题上，遗弃你们，主动地遗弃，而且要复仇。

“她在深夜中尽走，一直走到无边的荒野；四面都是荒野，头上只有高天，并无一个虫鸟飞过。她赤身露体地，石像似的站在荒野的中央。”这很有画面感，“于一刹那间照见过往的一切：饥饿，苦痛，惊异，羞辱，欢欣，于是发抖；害苦，委屈，带累，于是痉挛；杀，于是平静。”这像一个电影镜头，前面一幕一幕地显现。

> ……又于一刹那间将一切并合：眷念与决绝，爱抚与复仇，养育与歼除，祝福与咒诅。……她于是举两手尽量向天，口唇间漏出人与兽的，非人间所有，所以无词的言语。

这一段值得我们仔细地琢磨，讲到当整个社会抛弃我，而我主动选择了抛弃社会，独自远出后，要注意他感情的两个侧面：一方面是眷恋、爱抚、养育、祝福；另一方面是决绝、复仇、歼除、咒诅。这两种对立的情感纠结在启蒙者鲁迅的身上。这里讲的“决绝、复仇、歼除、咒诅”我们能理解，你们抛弃我、遗弃我，诅咒你们，和你们决绝、断裂可以理解；但还有另外一面，在决绝的同时是眷恋，在复仇的同时是爱抚，在歼除的同时是养育，在咒诅的同时是祝福。这是什么意思？实际写出了鲁迅生命存在的状态和他内心世界的矛盾。一方面他“不在”这个社会，社会把他驱逐，他自己也拒绝这个社会；另一方面他依然还“在”这个社会，无论是从社会关系上还是情感关系上，他都不可能离开这个社会，这是一种“在而不在、不在而在”的处境。

所有批判的知识分子都会面临这样的和社会、体制的关系：他拒绝体制、社会，体制、社会也排斥他，但他还是在这个体制内，在这个社会里，既在又不在。同时又有非常复杂的感情，一方面要反抗，诅咒，复仇，但另一方面他深知，和《影的告别》，“我和黑暗”的关系一样，我是反抗黑暗者，但同时我是黑暗中的人，这个黑暗跟我有深密的关系，黑暗消失，我也消失了。所以他和所批判的社会、体制、制度之间有着千丝万缕的、不可随便隔绝的复杂关系，而且对它是眷恋的、爱抚的，批判你、咒诅你的同时又眷恋你。这是多么缠绕的一种关系！既决绝又眷恋，既复仇又爱抚，既要歼除又要养育，既要咒诅又要祝福：这是真正反抗黑暗的战士。

鲁迅的言语困境

这样一种和社会在而不在，眷恋又复仇的复杂关系不能用我们平常的语言来表达，特别是不能用已经被规范化的、主流的、官用的语言来表达，于是就有了“举两手尽量向天，口唇间漏出人与兽的，非人间所有，所以无词的言语”。只能回到原始的、非人间的、兽的或介于人兽之间的语言状态，用“无词的语言”来表达自己。这就是鲁迅在《野草》一开始就说的“当我沉默的时候，我觉得充实；我将开口，同时感到空虚”，这是一种深层的困境，不仅是思想、感情的困境，更是言语的困境。

这已经进入了相当抽象的层面，但鲁迅是一个文学家，又要把无词的言语形象化，于是就有了下面一段最绝妙的文字——

> 当她说出无词的言语时，她那伟大如石像，然而已经

荒废的，颓败的身躯的全面都颤动了。这颤动点点如鱼鳞，每一鳞都起伏如沸水在烈火上；空中也即刻一同振颤，仿佛暴风雨中的荒海的波涛。

把“无词的言语”化作了“颤动”；“颤动”又成“鱼鳞般的颤动”，化作“沸水在烈火上”，最后变幻成“暴风雨中的荒海的波涛”。

“她于是抬起眼睛向着天空，并无词的言语也沉默尽绝”，连“无词言语”也没有了，只有沉默，那这个沉默的世界是什么世界？也就是刚才说的鲁迅沉默在黑暗中的一个世界，它外化出一种景象：“惟有颤动，辐射若太阳光，使空中的波涛立刻回旋，如遭飓风，汹涌奔腾于无边的荒野。”大家想象那是一个什么样的境界：鲁迅的无词言语的沉默，就是这样一个壮阔的、动态的世界。

我梦魇了，自己却知道是因为将手搁在胸脯上了的缘故；我梦中还用尽平生之力，要将这十分沉重的手移开。

——最后回到现实：这不过是一个梦魇。

独属鲁迅的精神世界、言语世界

我们所看到的，是一个独属于鲁迅的精神世界、言语世界：无比丰富、无比阔大，又无限自由。我读了一辈子鲁迅文章，可以说，这一段文字是最让我迷恋的。

我再朗读一遍——

> 当她说出无词的言语时，她那伟大如石像，然而已经荒废的，颓败的身躯全面都颤动了。这颤动点点如鱼鳞，每一鳞都起伏如沸水在烈火上；空中也即刻一同振颤，仿佛暴风雨中的荒海的波涛。

她于是抬起眼睛向着天空，并无词的言语也沉默尽绝，惟有颤动，辐射若太阳光，使空中的波涛立刻回旋，如遭飓风，汹涌奔腾于无边的荒野。

辑四 杂文十六篇

一、读《夜颂》

鲁迅的杂文写作和“夜”有着不解之缘。

他的儿子海婴有这样的回忆——

“在我的记忆中，父亲的写作习惯是晚睡迟起。以小孩的眼光判断，父亲这样的生活是不正常的。……

“整个下午，父亲的时间往往被来访的客人所占据，一般都倾谈很久……

“如果哪天的下午没有客，父亲便翻阅报纸和书籍。有时眯起眼睛靠着藤椅打腹稿，这时大家走路说话都轻轻地，尽量不打扰他。……”①

许广平也有类似的回忆：鲁迅于看书读报中有所感，又经反复酝酿，就在客人散尽之后，深夜提笔成文，遇有重要的长

---

① 周海婴：《鲁迅与我七十年》，1—2页，南海出版公司2001年版。

文，往往通宵达旦。[1]

女作家萧红更有这样的描述——

全楼都寂静下去，窗外也是一点声音没有了，鲁迅先生站起来，坐到书桌边，在那绿色的台灯下开始写文章了。

许先生说，鸡鸣的时候，鲁迅先生还是坐着，街上的汽车嘟嘟的叫起来了，鲁迅先生还是坐着。

有时许先生醒了，看着玻璃窗白萨萨的了，灯光也不显得怎样亮了，鲁迅先生的背影不像夜里那样黑大。鲁迅先生的背影是灰黑色的，仍旧坐在那里……[2]

“夜”对于鲁迅更意味着一种心境，一种生存状态，以及一种写作状态。在标明是《夜记之一》的《怎么写》里，有这样一段表白——

夜九时后，一切星散，一所很大的洋楼里，除我以外，没有别人。我沉静下去了。寂寞浓到如酒，令人微醺。望后窗外骨立的乱山中许多白点，是丛冢；一粒深黄色火，

① 许广平：《鲁迅先生的写作生活》，收《鲁迅回忆录》（专著，上册）《欣慰的纪念》，375—376页，北京出版社1999年版。

② 萧红：《回忆鲁迅先生》，《回忆鲁迅》（散篇，中册），717页。

是南普陀寺的琉璃灯。前面则海天微茫，黑絮一般的夜色简直似乎要扑到心坎里。我靠了石栏远眺，听得自己的心音。四远还仿佛有无量悲哀，苦恼，零落，死灭，都杂入这寂静中，使它变成药酒，加色，加味，加香。这时我曾经想要写，但是不能写，无从写。这也就是"当我沉默着的时候，我觉得充实，我将开口，同时感到空虚"。[①]

这"黑絮一般的夜色简直似乎要扑到心坎里"的感觉，正是典型的"夜"的感觉，使我们自然想起《影的告别》里所说，"只有我被黑暗沉没，那世界全属于我自己"。正是在深夜的寂静里，白日的喧嚣与浮躁逐渐消退，进入孤思默想的生命沉潜状态，独自面对自己的内心世界，同时面对外部大千世界，"心事浩茫连广宇"，因此而获得真正的博大与丰富。[②]

于是，就有了《夜颂》。这篇写于1933年，堪称鲁迅晚年杂文的代表作，一开头就提出了"爱夜的人"的概念。这自然是鲁迅的自我命名。

而且还有这样的介说："爱夜的人"必定是"孤独者"，"有闲者"，"不能战斗者"，"怕光明者"。其时，

① 鲁迅：《怎么写》，《鲁迅全集》4卷，18—19页。

② 鲁迅：《戌年初夏偶作》，《鲁迅全集》8卷，472页。

鲁迅正陷入“非革命的急进革命论者”的围剿中：他“孤独”地站在边缘位置，因此“有闲”；他坚持做社会冷静的观察者和清醒的批判者，就被认为“不能战斗”；他坚持正视黑暗，就成了“怕光明者”。

于是，他宣称自己是“爱夜的人”，因为人唯有在黑夜里，才能直面真实——

> 人的言行，在白天和在深夜，在日下和在灯前，常常显得两样。夜是造化所织的幽玄的大衣，普覆一切人，使他们温暖，安心，不知不觉的自己渐渐脱去人造的面具和衣裳，赤条条地裹在这无边无际的黑絮似的大块里。

人们自会注意到“黑絮”意象再次出现；“赤条条地裹在这无边无际的黑絮似的大块里”，鲁迅感到分外的自由，自在与自适。

“爱夜的人要有听夜的耳朵和看夜的眼睛，自在暗中，看一切暗。”

于是，他看见——

> 君子们从电灯下走入暗室中，伸开了他的懒腰；

爱侣们从月光下走进树荫里，突变了他的眼色。

夜的降临，抹杀了一切文人学士们当光天化日之下，写在耀眼的白纸上的超然，混然，恍然，勃然，粲然的文章，只剩下乞怜，讨好，撒谎，骗人，吹牛，捣鬼的夜气，形成一个灿烂的金色的光圈，像见于佛面上面似的，笼罩在学识不凡的头脑上。

于是，鲁迅拥有了一个真实的上海，真实的中国，一个“夜气”笼罩的鬼气森森的世界，这正是那些“学识不凡的头脑”所要竭力掩饰的。鲁迅说，“爱夜的人于是领受了夜所给与的光明”。

就在这样的背景下，“高跟鞋的摩登女郎”出现了，这是夜间写作的鲁迅经常可以看见的。且看鲁迅的观察：“在马路边的电光灯下，阁阁的走得很起劲，但鼻尖也闪烁着一点油汗，在证明着她是初学的时髦”，这是初出茅庐的上海妓女，但这“初学的时髦”又未尝不可看作是上海自身的象征。此时她正躲在“一大排关着的店铺的昏暗”掩饰下，“吐一口气”，感受片刻“沁人心脾的夜里的拂拂的凉风”。

鲁迅说，“爱夜的人和摩登女郎，于是同时领受了夜所给与的恩惠”。这夜是属于他（她）们——孤独者与受凌辱者的。

但夜终会有“尽”，白天于是到来，人们又开始遮盖自己的真实“面目”，“从此就是热闹，喧嚣”。但鲁迅却看到，“高墙后面，大厦中间，深闺里，客室里，秘密机关里，却依然弥漫着惊人的真的大黑暗”。——在“白天”的“热闹，喧嚣”中，看见“惊人的真的大黑暗”，这是鲁迅的大发现，是鲁迅才有的都市体验：人们早已被上海滩的五光十色弄得目眩神迷，有谁会注意到繁华背后的罪恶，有谁能够听到“高墙后面，大厦中间，深闺里，客室里，秘密机关里”的冤魂的呻吟？

而且鲁迅还发现了所谓“现代都市文明”的实质：“现在的光天化日，熙来攘往，就是这黑暗的装饰，是人肉酱缸上的金盖，是鬼脸上的雪花膏。”——这发现也许是更加“惊人”的。

“只有夜还算是诚实的。我爱夜，在夜间作《夜颂》。”——我猜想，鲁迅于深夜写下这一句时，也是长长地“吐（了）一口气”的。

二、读《再论雷峰塔的倒掉》

这篇写于20世纪20年代（1924年）的杂文，已经显示了鲁迅杂文思维方式和表达方式的某些特点。

文章从报纸上偶尔看到的关于“雷峰塔的倒掉”的传闻开始。雷峰塔是西湖边上的一个风景点，塔建于975年，1924年9月25日突然坍塌，自然引发了各种街谈巷议，例如“雷峰塔倒了，就破坏了‘西湖十景’”之类。这类日常生活传闻，人们茶余饭后姑妄言之，姑妄听之，并不在心；作为杂文家的鲁迅则不，他偏要仔细琢磨，品味，认真勘探一番：这样的人们习以为常的生活现象，正是杂文思想开掘的起点，开发口。开掘、勘探也有两种，有的只满足于探个表层，比如“从雷峰塔倒掉看出破除迷信的重要”之类，浅尝辄止；真正的杂文家则不，他要勘探到最底层，最广阔处，即鲁迅所说：“开掘要深。”

且看鲁迅如何“开掘”。

街谈巷议者叹息西湖从此失去“十景”。鲁迅就抓住这“十景”，深挖下去，展开了广泛联想：“凡看一部县志，这一县往往有十景、八景”；在中国，“点心有十样锦，菜有十碗，音乐有十番，阎罗有十殿，药有十全大补，猜谜有全福手福手全，连人的恶迹或罪状，宣布起来也大抵是十条”。正是通过这由一至多、由小至大的连绵不断的联想，而产生了思维上的飞跃：“我们中国的许多人……大抵患有一种‘十景病’。”这就达到了对中国国民性，以及中国传统文化的致命弱点的一个深刻概括：中国人惯于用“瞒和骗”虚构一个“十全十美”的社会、人生、文学……幻影，“无问题，无缺陷，无不平，也就无改革，无反抗”，由此而形成积重难返的民族惰性：[①]这正是本文从人们对雷峰塔倒掉的议论中开发出的第一个结论。

而这个具有普遍性的结论，作者在表达时并不采用抽象、明确的逻辑语言，而仍然称之为“十景病”。这里，“十景病”既具有现象形态的生动性与具体性，又具有一种概括性和普遍意义，我们可以称之为“类型现象”。“类型现象”

① 鲁迅：《论睁了眼看》，《鲁迅全集》1卷，252页。

正是杂文思维与表达的一个关键：杂文既要从具体的生活现象（“这一个”）入手，通过广泛联想概括出具有一定普遍性的“类型”（“这一类”），但这样的新开掘、新发现，在表达时又必须保留其“现象”形态。

鲁迅接着又提出一个问题：雷峰塔不是自然倒掉，而是被农民“挖”倒的；应该如何看待中国农民这样的“破坏行为”？它的实质是什么？包含了怎样的普遍意义？这一回，鲁迅采取的是“比较”的方法。一是与西方卢梭等为代表的“（旧）轨道的破坏者”做横的比较。于是，就发现中国并无“革新者”“大呼猛进”的“彻底扫除”，即并无真正的破坏，不过是“修补老例”而已。二是与中国历史上的“狂暴的强盗，或外来的蛮夷”做纵的比较，又发现“寇盗式的破坏，结果只能留下一片瓦砾，与建设无关”，而现在连这类“志在掠夺或单是破坏”的“寇盗”也没有。这样的“比较”，其实也是一种“联想”，把对象放在广阔的时间、空间，做纵、横的比较，揭示其内在的联系与区别，终于发现：所谓农民式的“破坏”，“仅因目前极小的自利”，“人数既多”，“倒败之后，却难于知道加害的究竟是谁”，“结果也只能留下一片瓦砾，与建设无关”，并且最终仍要“在自己的瓦砾中修补老例”。鲁迅将其概括为“奴才的破坏”。——这也是一种“类型现象”，是鲁迅从“雷峰塔的倒掉”所引出的对中国传统文化与国民性弱点的另一个重要发现。

应该说，我们以上的分析都过于冷静，因而是“非杂文”的。鲁迅在揭示和表达他的思考与发现时，自始至终渗透着他强烈而深沉的主观情感：他一点也不掩饰，自己在听到雷峰塔倒掉了，终于打破了西湖以致中国的“十景病”时，他所感到的“畅快”；但他很快就意识到，“雅人和信士和传统大家，定要苦心孤诣巧语花言地再补足了十景而后已”，在中国，既无“将人生有价值的东西毁灭给人看”的“悲剧”，也无“将那无价值的撕破给人看”的“喜剧”，“所有的，只是喜剧底人物或非喜剧非悲剧底人物，在互相模造的十景中生存，一面各各带了十景病”，因此，自己一时的“畅快不过是无聊的自欺”，清醒过来，就更加倍地感到“有悲哀在里面”。——这些渗透在字里行间的情感具有极强的艺术感染力。我们由此体会到鲁迅所说的他的杂文“就如悲喜时节的歌哭一般”，“无非借此来释愤抒情”[①]的特点。这里对“十景病”和“奴才的破坏”的批判也就进入了审美的层面，而“审美的批判”也是杂文的特质之一，杂文家应该是思想家与诗人的统一。

① 鲁迅：《〈华盖集续编〉小引》，《鲁迅全集》3卷，195页。

因此，我们在文章结尾处，听到鲁迅用诗的语言呼唤“我们要革新的破坏者，因为他内心有理想的光”，是十分自然的。这其实正是鲁迅的自我写照。鲁迅杂文的思想与艺术力量，归根结底，是来自他自身的人格魅力。在这里，我们又看到了“做人”与“作文”的统一。

三、读《灯下漫笔》

且先释题。

鲁迅喜欢在“灯下”写作。日本作家增田涉也有这样的观察——

> 有一次夜里两点钟的时候，我走过他所住的大楼下面，只有他的房间还亮着灯，那是青色的灯光。透过台灯的青色灯罩发出的青色的光，在漆黑的夜里，只有一个窗门照耀着，那不是月光，但我好像感到这时的鲁迅是在月光里。……
>
> 在月光一样明朗，但带着悲凉的光辉里，他注视着民族的将来。[①]

① 增田涉：《鲁迅的印象》，《回忆鲁迅》（专著，下册），1385页，1384页，北京出版社1999年版。

那么，1925年4月29日这一夜，灯下，在“带着悲凉”的月光里，鲁迅注视、思考“民族的将来”，又有着怎样的忧虑呢？

而且是“漫笔”。

“漫”，既是内容的“漫”无边际，又是“心事浩茫连广宇”的“漫漫”心绪，还是一种“漫延开来”的思维方式——鲁迅曾谈到自己“动起笔来，总是离题有千里之远”，“（总）是胡思乱想，……总像断线的风筝似的收不回来”，[①]所说的就是这种思维的联想力。同时，既称为“漫笔”，这也是“散”漫无拘，笔随心意、兴之所至的笔墨趣味。

这正是“五四”时期所盛行的文体：随笔。20世纪90年代末似乎又再度兴盛，而且有“学者随笔”之说；那么，鲁迅这篇也可算是“学者随笔”的开路之作。——不过，这已是题外话。

拉回“题内”，还要再说一句：作者既点明“漫笔”，我们在阅读时，就要注意其漫衍无际的“心事（心绪）”“思维”“笔墨”，从散漫无序中抓住其“思想”的要点，也即前面所说，作者独具“夜眼”中对于我们所生存的社会、历史的独特发现。

① 鲁迅：《庆祝沪宁克复的那一边》，《鲁迅全集》8卷，161页。

（一）

先读《灯下漫笔》之一。

作者首先叙述了自己（以及普通老百姓）所亲历的一件不大不小的日常生活事件：如何相信国家银行而将银元换成钞票，又如何因政局不稳要将钞票转换银元而不得，听说暗中有了行情又如何赶去兑现，即使被打了折扣也在所不惜。——正是普通人的日常生活，人们习以为常的生活现象，成为鲁迅思考的起点，成为他的思想探索的开发口。

细加琢磨，就会发现，作者在叙述中着意突出了“人”（老百姓与自己）在事件过程中心情的变化；于是注意到了如下关键词：开始换钞票时的“乐意”，停止兑现时的“不甘心”与“恐慌”，最后打折兑换、吃了亏以后的“非常高兴”与“更非常高兴”。还有一个细节也颇发人深省：第一、三、四段都写到“银元装在怀中”，感觉却大不一样：开始只觉得“沉重累坠”，几乎失去，又终于得到（尽管打了折扣）后就“沉垫垫地觉得安心，欢喜”。这里，对人对外在事件的内心反应的关注，也即对人的精神世界的关注，构成了鲁迅杂文（随笔）思维与写作的一个特点。

问题是，作者那双“看夜”的眼睛，从这日常生活与普通人的心理反应背后，看到了、想到了什么？

于是，进入了本文第二个层面。

而要进入这一层面，就必须实现思想（思维）的一个飞跃，这就是第四自然段（也即通常所说的“过渡段”）所说，“突然起了另一思想”：我们也可以称之为“多级跳跃”中的第一级。——

> 我们极容易变成奴隶，而且变了之后，还万分喜欢。

这也是作者在本文中所提出的第一级判断。这一判断是紧接前文：“倘在平时，钱铺子如果少给我一个铜元，我是绝不答应的”，现在因为有可能失去全部铜元，即使大打折扣我也万分喜欢这一事实陈述而提出的；但现在已经有了一个理论的提升（飞跃）：提出了“奴隶”的概念（这一概念我们将在下文加以界说），“我们”（作者自己与普通百姓）就与“奴隶”发生了联系（“极容易变成”），而同是一个“喜欢”也有了不同的含义：如果前面几段中，“喜欢”不过是普通人在日常生活中的心绪的一种简单描述；这里，就成了对“奴隶”心理的一个判断。

而这一判断是需要加以论证的。于是有了紧接着的“假如……”这一段的假设性的心理分析与论证：当人突然陷于“乱离人不如太平犬”的境地时，而又突然得到“等于牛”的待遇，尽管“不算人”也会“心悦诚服”的，这样的假设心理性分析，与前文有关“银元”的得失心理显然具有相似性，鲁迅的联想与推断就是建立在这样的相似性的基础上的：在一般人看来似乎毫不相干的人与事之间，他却能别具眼光地揭示出内在的相似与相通，从而给读者以新奇的发现的喜悦。他也正是借助这样的联想，帮助读者从自己的日常生活经验出发，去理解某些超越经验的社会历史现象与本相。本文就是从兑换银元的心理引发出这样的现象：中国历史“历来所闹的不过是这一个小玩艺”：“当了奴隶还万分喜欢”。——如果前文尚是联想与推断，现在已被证实：是确定无疑的历史事实了。

于是，又有了进一步的推论——

> 实际上，中国人向来就没有争到过“人”的价格，至多不过是奴隶，到现在还如此。

这是多级跳跃思维中的第二跳，也是最关键的一跳。这也是鲁迅对中国人的生存境遇的最重要的概括与发现，与《狂人日记》里所说中国历史是一部“吃人”的历史的论断与发现，属于同一等级，都需要从鲁迅整体思想体系中去理解。这里要稍微多说几句：我们知道，鲁迅思想的核心是“立人”，并指明“立人”的根本在“尊个性而张精神”，也就是说，人的个体生命（真实的具体的个别的个体的人，而非普遍的、观念中的人）的精神自由是“人”之成为“人”的本质，是衡量是否具有“‘人’的价格”的唯一的绝对的标准。只要人的个体生命还处于物质的，特别是精神的被压抑状态，没有获得个体的精神自由，人就没有根本走出“奴隶”的状态。他以此考察中国社会历史与现状，就得出了本文所说的“中国人向来就没有争到过‘人’的价格，至多不过是奴隶，到现在还如此”的结论。——这是任何一个中国人从自己的现实生活中都能体会、感受，而无须论证的，只是看我们敢不敢正视。

鲁迅是反对一切“瞒”与“骗”的；他还要我们正视：中国人更多的情况下，是处于“下于奴隶”的状态的。他举例说，在中国历史中，老百姓经常受到“官兵”与“强盗”的双重“杀掠”，这时候，就很容易产生希望“有一个一定的主子”，制定出“奴隶规则”，以便遵循的心理：这与前文“当了奴隶还万分喜欢”的心理是一脉相承的，而且还有发展：身为奴隶，却希望建立稳定的“奴隶秩序”。——鲁迅行文至此，发现了这样的奴隶心理，他的心情不能不是沉重的，他的笔调也愈加严峻。

以此观照中国的历史，所看到的竟是中国人的悲惨命运：在五胡十六国、黄巢（唐末）、五代、宋末、元末与明末张献忠时代，“将奴隶规则毁得粉碎”，百姓反不得安宁；“纷乱至极之后”，有人“较有秩序地收拾了天下”，反而“叫作‘天下太平’”。由此而推出的自然是这样一个“直截了当”的结论——

> 一、想做奴隶而不得的时代；二、暂时做稳了奴隶的时代。这一种循环，也就是“先儒”之所谓“一治一乱”。

这是本文“跳跃性”思维的第三级跳，第三个重要发现：它是对中国历史的又一个意义重大的概括。看起来这好像讲的是历史循环，其实质意义是强调，中国人在历史上从来没有“走出奴隶时代”，区别仅在于是“暂时做稳了奴隶”，还是“想做奴隶而不得”，“始终是奴隶”这一本质是没有变的。——这也就为下文做好了铺垫。

鲁迅的这一论断的另一个含意是，鲁迅赋予“先儒”（实际是孟子）所提出的“一治一乱”说以新的意义：不论是“乱世”还是“治世”，都是“主子”（少数统治者）对“臣民”（大多数老百姓）的奴役；中国历史上的所谓“作乱人物”（例如前文所说的张献忠），就其本质而言，都是给新的“主子”（例如取代明朝统治者的清朝统治者）“清道辟路”的，或者他们自己成为新的统治者（例如历史上的刘邦、朱元璋）——鲁迅对中国历史上的“作乱人物”（其中有些是“农民起义”的领袖）的这一尖锐批判，虽不是本文的主要观点，也是发人深省的。

以上这一大段，是本文的主体，通过三次思想的跳跃，提出了对中国人的生存状态与历史三个重要的概括与判断，是充分显示了鲁迅思想与文章的批判锋芒的。

“现在入了那一时代”一问，把文笔转向了现实，也即本文的第三个层面。

鲁迅先以退为进：“我也不了然”；然后指明现实生活中尽管人们都“不满”于现状，但无论是知识分子（国学家、文学家、道学家），还是普通百姓，所走的路却或是“复古”，或是“避难”，其实质都是在“神往”于“暂时做稳了奴隶”的时代。这言外之意是清楚的：“现在”正是“想做奴隶而不得”的时代，而且人们丝毫没有彻底“走出奴隶时代”的要求与愿望。——面对这样的现实，面对这样的国民，鲁迅无法掩饰内心的绝望与悲凉。

于是，又反弹出挣扎的呼喊：两个反诘句，向每一个读者，也即中国的知识分子与百姓，提出了一个振聋发聩的问题：不满于现在，难道就只能像古人与复古家那样，神往于过去吗?

这一反问，就逼出了新的回答，另一种选择：人们不满于现在，无须反顾过去，还可以向前看：“前面还有道路在。”

行文至此，文章退进出入，曲折有致，蓄势已满，终于喷发出震天一吼——

> 创造这中国历史上未曾有过的第三样时代，则是现在的青年的使命!

这一声呐喊，其意义不亚于当年的“救救孩子”，把一个全新的思维，全新的世界展现在中国人民，中国的知识分子面前不再是在“做稳了奴隶”与“想做奴隶而不得”的历史循环中做被动、无奈的选择，而是自己创造出一个“彻底走出奴隶状态”的全新“第三样时代”；不再仰赖什么救世主，而是依靠全新的一代：“现在的青年”把命运掌握在自己的手里。

这是召唤，是展望，也是激励，整篇文章也就进入了一个新的境界。

（二）

现在我们来读《灯下漫笔》之二。

如果说前一篇是灯下的漫想，这一篇则是灯下读书有感，谈的是关于如何看待外国人的中国评论。

这一节开头第一句就很特别，大有先声夺人的气势："凡有来到中国的，倘能疾首蹙额而憎恶中国，我敢诚意地捧献我的感谢，因为他一定是不愿意吃中国人的肉的！"——中国人从来是爱喜鹊而憎乌鸦，更渴望所谓"外国朋友"说好话（民族自大背后隐藏着的是民族自卑心理），像鲁迅这样感谢"憎恶中国"者，就有些特别；而说"吃中国人的肉"，在习惯于说持中之言的中国人看来，就有些"言重"，太"激烈"了。

但鲁迅是有据而发的：就是正在读的这本《北京的魅力》，大谈历史上的外国"征服者"如何最终被中国的"生活美"所"征服"，这就是所谓"支那生活的魅力"——如下文所说，"我们的有些乐观的爱国主义者"因此而"欣然喜色，以为他们将要被中国同化了"；而鲁迅看到的却是真正的民族危机：不过是"将曾经献于北魏，献于金，献于元，献于清的盛宴"献于西方殖民者；"古人曾以女人作苟安的城堡，美其名以自欺曰‘和亲’，今人还用子女玉帛为作奴的贽敬，又美其名曰‘同化’”——中国人在任何时候、任何问题上，哪怕是关乎民族生死存亡的大事，都要自欺欺人。鲁迅前面所说的“感谢”正是基于这样的民族危机感：“倘有外国的谁，到了已有赴宴的资格的现在，而还替我们诅咒中国的现状者，这才是真有良心的真可佩服的人！”——我们不难体会这背后的隐忧：在这个弱肉强食的世界里，这样的“真有良心”者又有多少呢？

鲁迅更为关注的，还是中国自身的问题；于是，又围绕上文提出的“盛宴”，展开深入的讨论。

首先，这样的“盛宴”是怎样形成的。鲁迅说，这是“我们自己早已布置妥帖”的，也就是我们自身制造的。这就进入了对中国的社会结构的考察。鲁迅引用《左传》“天有十日，人有十等”这段记载，指出中国社会有一个“有贵贱，有大小，有上下”的等级结构，“一级一级的制驭着”。处在这样的社会结构中，每一个人都被安置在某一等级上，一面“自己被凌虐”，受着上一等级的压迫；一面“也可以凌虐别人”，压迫下一等级的人，如鲁迅所说，即使是处于最底层者，还有“比他更卑的妻，更弱的子在”，而子也有他日长大，“便又有更卑更弱的妻子，供他驱使”的希望，这就是互为“连环”，“各得其所”，既“不能动弹，也不想动弹”，天下永远“太平”（如前文所说，只在“想做奴隶而不得”与“做稳了奴隶”之间循环——在这个等级社会结构里，每一个人既是奴隶，又是奴隶主）。“有敢非议者，其罪名曰不安分”，自是要遭到全社会的谴责以致迫害：这个等级结构是高度统一与封闭的，绝不给异端（不同意见者，批评者）以任何存在空间。

鲁迅接着提醒人们注意：这并非“辽远”的“古事”，或者说，这样的传统已经完整地保留下来，也就是“中国固有的精神文明，其实并未为共和二字所埋没”。因此，中国社会的“太平景象还在”：依然无“叫唤”无“横议”，一切各得其所；而“对国民如何专横，向外人如何柔媚，不犹是等级的遗风么？”——尽管鲁迅用的是调侃的语气，但内在的沉重却是掩盖不住的：在写在两个月前的一篇文章里，鲁迅即发出这样的感叹：“我觉得仿佛久没有所谓中华民国。我觉得革命以前，我是做奴隶；革命以后不多久，就受了奴隶的骗，变成他们的奴隶了。”[①]——依然没有走出等级制的奴隶时代。

于是，就有了对中国现实的这样的描述：“我们在目前，

① 鲁迅：《忽然想到（三）》，《鲁迅全集》3卷，16页。

还可以亲见各式各样的筵宴，有烧烤，有翅席，有便饭，有西餐。但茅檐下也有淡饭，路傍也有残羹，野上也有饿莩；有吃烧烤的身价不资的阔人，也有饿得垂死的每斤八文的孩子”。——与众多的中国与外国的文人一味赞美中国的、北京的“饮食文化”的精美（即鲁迅所读的这本日本人写的《北京的魅力》标题所示）不同，鲁迅尖锐地揭示了其背后的，被忽略了的大多数普通老百姓的日常生活（即所谓“茅檐下”的粗茶“淡饭”），以及被掩盖着的“残羹”，“饿莩”，被饥饿所迫的身体的廉价出售……这样的血淋淋的事实！

鲁迅由此而引出对中国的“文明”本质的一个概括——

> 所谓中国的文明者，其实不过是安排给阔人享用的人肉的筵宴。所谓中国者，其实不过是安排这人肉的筵宴的厨房。

这又是一个石破天惊的发现，构成了全文（包括《灯下漫笔》之一）的一个高峰，可以说鲁迅整个的论述都是奔向这一思想与情感的顶点。而这一论断引起的反响也是空前的激烈：或被震动，唤醒，或被刺痛，激怒，或感到茫然不可理解。赞之者以为深刻，入木三分；批评者认为过于偏激。但有一点是共同的：在这样的论断面前，人们无法无动于衷。

而鲁迅自己，却态度鲜明："不知道而赞颂者是可恕的，否则，此辈当得永远的诅咒！"

鲁迅并进一步分析了赞颂的原因：外国人中有两种，"其一是以中国人为劣种，只配悉照原来模样，因而故意称赞中国的旧物"；另一则是到中国来"看辫子"，以满足其好奇心——这其实都是一种殖民心态，鲁迅以"可憎恶"三字斥之。而更让鲁迅痛心的是，这"人肉的筵宴""不但使外国人陶醉，也使中国一切人们无不陶醉而且至于含笑"。在鲁迅看来，这里的症结，仍在前述"古代传来而至今还在"的等级制度，"使人们各各分离，遂不能再感到别人的痛苦；并且因为自己各有奴使别人，吃掉别人的希望，便也忘却自己同有被奴使被吃掉的将来"。这后果自然是严重的："大小无数的人肉的筵宴，即从有文明以来一直排到现在，人们就在这会场中吃人，被吃，以凶人的愚妄的欢呼，将悲惨的弱者的呼号遮掩，更不消说女人和小儿。"——这里，鲁迅特别强调了人肉的筵宴的"现在"式的存在；而鲁迅尤感愤怒的，是"弱者"，特别是"女人和小儿"的"悲惨的"呼号的被"遮掩"：这是最鲜明地表明了鲁迅的"弱者本位"的思想，他与社会最底层的人民的血肉联系的。

正因为如此，鲁迅的最后的召唤是特别有力的——

> 这人肉的筵宴现在还排着，有许多人还想一直排下去。扫荡这些食人者，掀掉这筵席，毁坏这厨房，则是现在的青年的使命！

与前文“创造这中国历史上未曾有过的第三样时代”的呼唤遥遥呼应；将召示着一代又一代的中国的青年，前仆后继地去为完成这样的“使命”而奋斗不止。

四、读《春末闲谈》

我们从文章题目读起：其最引人注目的自然是“闲谈”二字。鲁迅曾回忆说，小时候，“水村的夏夜，摇着大芭蕉扇，在大树下乘凉，是一件极舒服的事。男女都谈些闲天，说些故事。孩子是唱歌的唱歌，猜谜的猜谜”。[①]这是鲁迅终身难忘的记忆。直到晚年，他还在上海里弄里寻找这样的邻居间“谈闲天”的乐趣。[②]鲁迅说，“听闲谈而去其散漫”，[③]记录、整理出来，就是一篇好文章。我们可以设想，眼前的这一篇，就是鲁迅在“春末”和三五好友“任心闲谈”的产物。

“闲谈”之“闲”，首先是一种心态，所谓“任心闲谈”“任意而谈”，强调的都是谈话主人心态的放松，闲适

① 鲁迅：《自言自语》，《鲁迅全集》8卷，114页。
② 鲁迅：《门外文谈》，《鲁迅全集》6卷，86页。
③ 鲁迅：《关于翻译的通信》，《鲁迅全集》4卷，393页。

和从容。“闲谈”更是一种文体，文学史上称之为“随笔”或“闲话风的散文”。其特点，不仅在题材上的漫无边际，而且在行文结构上也是兴之所至，具有很大的随意性。周作人说，这是“情生文，文生情。这好像是一道流水，大约总是向东去朝宗于海，它流过的地方，凡有什么汊港湾曲，总得灌注潆洄一番，有什么岩石水草，总要披拂抚弄一下子再往前去，这都不是它的行程的主脑，但除去这些也就别无行程了”。[①]我们也可以设想：这篇《春末闲谈》，就像周作人提示的那样，是一道鲁迅心中的河流，一直奔向某一个地方（这是“他的行程的主脑”）；但水流过的地方，又随时停留，有许多岔路，又随时回到主航道，“再往前去”……

我们姑且把这次阅读，当作一次心的沿河旅游，听鲁迅一路讲过去。

还是紧贴文章的题目，从北京的“春末”讲起：鲁迅说他所感觉到的却是“夏意”。周作人写《北平的春天》也说，北京只有“冬的尾”“夏的头”，而没有真正的“春”。这本身就很有意思。

既然谈到了夏，就顺便想到了“盛夏”时节的“故乡的细

① 周作人：《〈莫须有先生传〉序》，《周作人自编文集·苦雨斋序跋文》，河北教育出版社2005年版。

腰蜂”。这又唤起了鲁迅的童年记忆，就流连忘返，“灌注潆洄一番”，讲了一大篇细腰蜂的故事。先是绘声绘色地描述“铁黑色的细腰蜂”如何在“桑树间或墙角的蛛网左近往来飞行”，有时“衔”一只小青虫，有时“拉”一个蝴蝶：这都是小说家、散文家的笔法，简练而传神。这倒引起了好奇心：这样奇怪的行径，背后有没有故事？有的。鲁迅顺势讲开了有关的传说与解说：“老前辈”如何讲，《诗经》里怎样写，“考据家”又提出什么“异说”，以及我们应该相信谁，等等。接着鲁迅又郑重其事地引出“法国的昆虫学大家发勃耳（按，今译“法布尔”）”的观点，不但“证实”了“给幼蜂做食料的事”，而且指出这细腰蜂是“一种很残忍的凶手，又是一个学识技术都极高明的解剖学家”，依据是他“用了神奇的毒针，向（小青虫）那运动神经球上只一螫，它便麻痹为不死不活状态”。这就真够神奇的了。我们读者也不知不觉地被鲁迅的讲述所吸引了。细心的读者说不定还察觉出故事讲述人鲁迅的心态，逐渐变得严肃起来，不像开头那样轻松了。但不管怎样，写到这里为止，还是很像一篇“科学小品”，生动，有趣，也有知识性。

但鲁迅“行程的主脑”似乎并不在于此。在如此“潆洄一番”以后，他还要进入主航道。由小青虫的“运动神经球”，想起了“神经过敏”的E君（鲁迅的好朋友俄国盲诗人爱罗先珂），想起他关于“科学家”的另一种也是颇为奇怪的想法：“不知道将来的科学家，是否不至于发明一种奇妙的药品，将这注射在谁的身上，则这人即甘心永远去做服役和战争的机器了。”E君这异想天开的一问，引发出鲁迅浮想联翩，文章也进入了一个新的境界：这是整个航路的转折点。

鲁迅凭借着他的深厚的知识储备，首先联想起中国古书（《尚书》《左传》《孟子》之类）所记载的“我国的圣君，贤臣，圣贤，圣贤之徒”的理想“君子劳心，小人劳力”之类。

由此又忍不住发表了一通议论。他尖锐地揭示了这些“治人者”的内在矛盾：“要服从作威就须不活，要贡献玉食就须不死；要被治就须不活，要供养治人者又须不死。”注意这里的用语：鲁迅用“不死”与“不活”的两难，来概括“治人者”的矛盾，显然是要在语言上将这里的讨论和前面关于细腰蜂的特殊功能的描述（把青虫“麻痹为不死不活状态”）衔接起来，因此，也就很自然地说起“没有了细腰蜂的毒针，却很使得圣君，贤臣，圣贤，圣贤之徒，以至现在的阔人，学者，教育家觉得棘手”。这样，细腰蜂的故事，与这里讨论的“治人术”的问题，就成了一个有机的整体：前者是“引子”，现在才进入“正文”。

然后，鲁迅笔锋一转，提到“现在又似乎有些别开生面了，世上挺生了一种所谓的‘特殊知识阶级’的留学生”。这又是一个深入与开拓：由传统的“治人术”讨论到“现在”的“治人术”；由批判传统的圣君、贤臣、圣贤，到锋芒直指现实的“特殊知识阶级”。这才是鲁迅《春末闲谈》的真正指向和旨意所在。前面几大篇“闲话”，到这里才“有点意思”了。因此，紧接着，鲁迅大谈“遗老的圣经贤传法，学者的进研究室主义，文学家和茶摊老板的莫谈国事律，教育家的勿视勿听勿言勿动论”，这全是应有的展开：在鲁迅看来，这都是“特殊的知识阶级”（学者，文学家，教育家，等等）向统治者奉献的“治人术”，而且是古今相通的。

但鲁迅最为关心的，还是这样的“治人术”是否有效。鲁迅专门讨论了“外国的”也是“我们中华”固有的既新且旧的“治人术”：“不准集会，不准开口”，冷冷指出：“虽有二大良法，而还缺其一，便是：无法禁止人们的思想。”这可谓一针见血，也可以看作是本文最为警辟之论，点题之笔。

鲁迅的思绪绵绵，又转入对“治人者”及其帮凶、帮闲，鲁迅概称为与“窄人”对立的“阔人”的心理分析。这是他最为擅长的。于是，就谈到了“阔人”的“三恨”，又有了阔人们的最大梦想："假设没有了头颅，却还能做服役和战争的机械，世界上的事情就何等地醒目啊！"鲁迅又立刻联想起《山海经》里的怪物刑天，"他没有了能想的头，却还活着"，这对于阔人们，又是"何等安全快乐"！但是（鲁迅文章里有许多这样的转折），又想起了陶潜的诗句："刑天舞干戚，猛志固常在"，不禁发出感慨："连这位貌似旷达的老隐士也这么说，可见无头也会仍有猛志，阔人的天下一时总怕难得太平的了。"这最后一句，也是可以视为本文的一个警句的，说不定鲁迅最想表达的，就是这样的警示：鲁迅早就说过，他的任务就是要不断发出不祥的"恶声"。

鲁迅的心河，流到这里，本就到头了。但还要有一点回流：顺便嘲弄一下他的主要论敌"特殊知识阶级"。据说"特殊知识阶级"的特殊就在于他们拥有"良心、知识、道德"的优势。鲁迅因此嘲讽说："精神文明太高了之后，精神的头就会提前飞去，区区物资的头的有无也算不得什么难问题。"在会心一笑之后，我们的阅读路程终于结束了，留下的是无尽的思索……

以上的分析，意在理清楚鲁迅这篇《春末闲谈》的思路，文气的流动。真要领悟其文字的魅力，还要做更具体深入的文本细读。比如前文提到的"不准集会，不许开口"的治人术那一段，鲁迅就没有停留在这样抽象概括上，而是展开了丰富的形象的联想。忽而由“不准集会”而联想起“人民与牛马同流”的命运，忽而由“不准开口”，想到“仓颉造字，夜有鬼哭”，想到“猴子不会说话，猴界即向无风潮”，等等。说起禁止的“实效”，又立即想起“那么专制的俄国”王室的结局……这样思绪的风筝随时放出去，漫天飞舞，又随时收拢来，线头始终握在自己手里，就可以收、放自如。这就是我们平常说的“散而不散，形散神不散”。这样的散文笔法中，还夹杂着杂文笔调，比如在说了“猴子不会说话，猴界即向无风潮”以后，又拉开说一句：“可是猴界中也没有官，但这又作别论”，加上这样的冷幽默，就妙趣横生了。

于是，我们发现，即使是《春末闲谈》这样的随笔，鲁迅也是把小说笔法、散文笔法与杂文笔法杂糅在一起的。这样的文体渗透，再加上知识（文学知识与科学知识）与思辨的巧妙融合，都是最能显示鲁迅的才情与创造力的。读这样的作品，真是一种思想、知识、艺术、情感的享受。

五、读《记念刘和珍君》

《记念刘和珍君》是一篇人们已经耳熟能详的经典，有一套稳定的阐释模式。我们能不能独辟蹊径，从不同角度进入？这里就有三个“另一种读法”。

其一：由文字到电影场景的转换

像鲁迅这样的文学家、艺术家，在他那里，存在着两个转化过程：首先是历史事件转化成个人心理事件，然后又将个人心理转化为文学艺术：意象，画面，色彩，声音，等等。

长期以来，我们都把文学作品，也包括鲁迅的作品，看作是历史事件的简单摹写，于是就出现了简单化、表面化的，在我看来是非文学的解读。就拿大家中学语文教材里的《记念刘和珍君》来说，老师们都根据教材参考书的说法，大讲鲁迅的这篇文章“反映了封建军阀的残忍，御用文人的无耻，表现了爱国青年大无畏的牺牲精神”等等。这样一说，就和新闻报道、评论没有什么区别了，我们不禁要问：这还是文学作品吗？文学之所以是文学，或者说我们之所以需要文学，就因为它关注的始终是人，是人的心灵。鲁迅写《记念刘和珍君》，并不是要记录、再现历史事实，而是要抒写“三一八惨案”对他心灵的冲击，他的心理反应。因此，文章是围绕着面对血腥的屠杀，“说”还是“不说”的矛盾、困惑展开的：“先生可曾为刘和珍写了一点没有？”……“没有”……“先生还是写一点罢”……“我也早觉得有写一点东西的必要了”……“可是我实在无话可说”，“那里还能有什么言语？”……“我正有一点写东西的必要了”……“我还有什么话可说呢？”“沉默呵，沉默呵！不在沉默中爆发，就在沉默中灭亡。”……“但是，我还有要说的话。”……“呜呼，我说不出话”……在“说（写）”还是“不说（不写）”之间徘徊，往返起伏，构成了整篇文章内在的心理线索，也形成了“文气”的跌宕。我们读《记念刘和珍君》，就应该抓住这样的跌宕起伏的“文气”，其实也就是“节奏”，心理的节奏，文字的节奏：《记念刘和珍君》，就其本质而言，是一首心灵的诗。

但作为一个有强烈的艺术感的文学家，鲁迅还要把这“心灵的诗”外化为画面，色彩，声音。《记念刘和珍君》正是由许多的画面，色彩和声音组合的；全篇的文字是可以变化为这样的一个个场景的——

（追悼会场外）

鲁迅独在徘徊。

后景中可以看见刘和珍的灵堂。

女学生程君：“先生可曾为刘和珍君写了一点没有？”

鲁迅：“没有。”

程君：“先生还是写一点罢；刘和珍君生前就很爱看先生的文章。”

（深夜，鲁迅的“老虎尾巴”里）

鲁迅独坐，手里拿着一支烟。

画外音：“可是我实在无话可说。我只觉得所住的并非人间。”

鲁迅凝视着烟，突然产生幻觉：四十多个青年的血，洋溢周围，将他淹没，使之艰于呼吸视听……

画外音：“真的猛士，敢于直面惨淡的人生，敢于正视淋滴的鲜血。这是怎样的哀痛者和幸福者？”

鲁迅伸手拿笔。

画外音：“忘却的救主快要降临了罢，我正有写一点东西的必要了。”

（幻景一）

刘和珍在宗帽胡同听鲁迅讲课，“微笑着，态度很温和”……

刘和珍君在读鲁迅主编的《莽原》，依然“微笑着”……

刘和珍在鲁迅和其他师长面前，“黯然至于泣下”……

（幻景二：三月十八日，“老虎尾巴”里）

鲁迅在埋头写作。

一女学生冲进门来，报告消息。

鲁迅惊愕地站起：“我不信竟会下劣凶残到这地步！”

（幻景三：执政府前）

刘和珍和她的同伴们“欣然前往”。

枪声。

刘和珍突然倒下——子弹“从背部入，斜穿心肺”。

张静淑想扶起她，“中了四弹”，“立仆”。

杨德群又想去扶起她，“也被击”，“也立仆”。

特写：刘和珍的尸骸。杨德群的尸骸。张静淑在医院呻吟。

（幻景四）

杀人者“昂起头”，“个个脸上有着血污”……

正人君子在散布流言……

饭店、茶馆里，“闲人”们起劲地将刘和珍们的牺牲作为“饭后的谈资”……

画外音：“惨象，已使我目不忍视了；流言，尤使我耳不忍闻。我还有什么话可说呢？我懂得衰亡民族之所以默无声息的缘由了。沉默呵，沉默呵！不在沉默中爆发，就在沉默中灭亡。”

（重又回到鲁迅“老虎尾巴”的小屋里）

……烟雾缭绕中显出鲁迅身影。

画外音：“然而既然有了血痕了，当然不觉要扩大。至少，也当浸渍了亲族，师友，爱人的心……”

（闪回）……刘和珍“微笑的和蔼的旧影”。

画外音："这一回在弹雨中互相救助，虽殒身不恤的事实，则更足为中国女子的勇毅，虽遭阴谋秘计，压抑至数千年，而终于没有消亡的明证。"

（闪回）……刘和珍、杨德群、张静淑在弹雨中互相救助。

特写：鲁迅手持烟卷的侧影。

画外音："苟活者在淡红的血色中，会依稀看见微茫的希望；真的猛士，将更奋然而前行。"

"呜呼，我说不出话，但以此记念刘和珍君！"

（闪回）……刘和珍的灵堂，遗像逐渐拉近，她微笑着，向着我们每一个人。

其实，恐怕鲁迅的许多作品都是可以做这样的由文字到电影场景的转换的；这说明，"电影性"是内在于鲁迅作品中的。

其二：在比较中阅读

这是一次试验：引入鲁迅的兄弟、同为现代散文大家的周作人所写的同一题材的散文《关于三月十八日的死者》[①]做比较阅读。而且我们的分析重点不在思想内容的比较上——尽管此时周氏兄弟已经失和，但就思想倾向的主要方面而言，两篇文章是同大于异的。无论是对爱国学生的同情与赞颂，对北洋军阀政府的谴责和抗争，对所谓“学界名流”诬陷的义愤与揭露，以及对人的生命价值的强调，对请愿之举的保留，都是惊人的相似。真正的差异倒在于周氏兄弟有着不同的气质，不同的思考方式和情感表达方式，由此而产生不同的文章风格。我们的比较，就从这一角度切入。

（一）

两篇文章都从写作心境写起。

周作人的《关于三月十八日的死者》一开头就以平实的语

① 周作人：《关于三月十八日的死者》，收《泽泻集》，河北教育出版社2002年版。

气陈述自己在事件发生过程中心绪的变化：先是由于“逐个增加”的“悲惨人事”堆积在心上，既多愤激，又存期望，“心思纷乱”，什么事都不能做，自然也无以作文。“到了现在已是残杀后的第五日”，时间的距离使人们冷静下来，抛却了无益的幻想，不再说“彻底查办”之类的梦话，也就将“心思收束”到对死者本身的思考，终于可以执笔作文，能够说这样“平心静气的话”了。“平心静气”自然含有某种反语成分，周作人其实也未能真正平心静气。但已经从事件本身升华超越出来，进入理性思考，却也是事实。感情经过理性的过滤，自然滤去了其中的愤激焦躁，看起来是情感浓度的淡化，力度的减弱，其实是一种情感的深化。周作人从原先“心思纷乱”，到现在“心思收束”，可以“平心静气”说话、著文，是一个情感流动的自然过程。

鲁迅在《记念刘和珍君》里宣布：“我已经出离愤怒了。”那么，他也进入了深入的理性思考，但他的心思却没有这么容易收束。这乃是因为作为一个本质上的诗人，他的冷静的思考总是包裹着最热烈的情感，思与情永远拥抱，纠结为一体。而且，他的内心始终交织着两种情感欲求的搏战：一方面是情感喷发的冲动，另一方面却是克制激情的欲求。这是真正的历史的强者所独有的感情选择。如鲁迅在下文中所说明的那样，他不愿在“非人间”的仇敌面前显示痛苦，使他们感到快意；也不愿在庸人面前表现愤怒，徒然地提供茶余饭后所谓谈资；他尤其不能原谅自己借着情感的宣泄来取得内心的平衡，继续苟且偷生。正是这情感的喷发和反抑的内在冲突形成一种张力，造成鲁迅情感表达形式上的一波三折的曲折性。如《记念刘和珍君》第一节所显示的：将欲发，又觉“无话可说”；仿佛已是“痛定之后”，却因学者文人的阴险论调平添阵阵“悲凉”；决心显示“最大哀痛”，又顾及于“非人间”的“快意”；直至无可逃遁，才拼将一腔悲痛，全数掷出，化作灵前至哀至烈的声声哭诉。既是火山的爆发，又是冷气的灌注，情感的热流与冷流交错对流，汇合成了心灵的大颤动，与周作人感情的自然、平稳流泻，形成了鲜明对比，进而显示了兄弟两人气质上的差异：与鲁迅的“诗人”气质相反，周作人本质上是一个“智者”：周作人自己早就说过，他的“头脑是散文的”，而不是“诗”的。[①]

① 周作人：《〈桃园〉跋》，《周作人自编文集·苦雨斋序跋文》，河北教育出版社2005年版。

（二）

作为智者，周作人在进一步抒写他“对于死者的感想”时，也是充分理性化的。因此，他才能够那么条分缕析地一一道来：“感想第一件”如何，“第二件”又怎样，一是什么，二是什么，既十分明晰，又显出从容不迫的风致，读者仍不难从作者不动声色的剖析中，体会到内含着的沉痛：“一是死者之惨苦与恐怖，二是未完成的生活之破坏，三是遗族之哀痛与损失。”在周作人的思想体系中，生活本身即是一种艺术，因此，“未完成的生活之破坏”，无异于艺术的毁灭而产生分外的痛惜感；“死者之惨苦与恐怖”，更具有一种形而上的意味；“遗族之哀痛与损失”，则从历史的延续意义上使哀痛更加深化。这里，显示了周作人观察问题的特别立足点与思路：他是站在“上帝”的高处，有距离地注视，关注人的生命的被毁灭，由此产生的哀痛，常给人以一种悲悯感。正是这种悲悯感，构成了周作人这篇悼念文字内在的韵味，也从根本上与鲁迅在《记念刘和珍君》里所表现的情感区分开来。

而鲁迅在《记念刘和珍君》里则宣称：“真的猛士，敢于直面惨淡的人生，敢于正视淋漓的鲜血，这是怎样的哀痛者与幸福者？”这里“真的猛士”当然指作者所要悼念的先烈，同时也说的是作者自己，以及他对读者（青年，后来者）的期待。作为一个“直面人生”的“真的猛士”，鲁迅绝不可能有周作人那样的“上帝”的距离与悲悯，而是将自我的生命全部投入。如他自己所说，“像热烈地拥抱着所爱的一样，更热烈地拥抱着所憎——恰如赫尔库来斯的紧抱了巨人安太乌斯一样，因为要折断他的肋骨”。[1]在《记念刘和珍君》里，他是那样真诚地、毫无掩饰地流泻着对他所爱的青年们的慈爱（请回味他对“始终微笑着”的刘和珍的回忆那段文字，那是显示了鲁迅心灵世界的最为柔和的那一面的），以及内蕴着的深沉而又深刻的悲怆；他又是那样无情地将他神圣的怒火喷向他所憎的杀人者和帮凶。大爱与大憎，极热与极冷，两个极端交织于一体，是“爱的大纛”，也是“憎的丰碑”，[2]鲁迅的《记念刘和珍君》正是以这种博大的力和美给读者的心灵以永远的震撼。

---

① 鲁迅：《再论“文人相轻”》，《鲁迅全集》6卷，348页。

② 鲁迅：《白莽作〈孩儿塔〉序》，《鲁迅全集》6卷，512页。

（三）

周氏兄弟的两篇悼文在语言上也存在比较明显的差异。相对来说，周作人的《关于三月十八日的死者》更多地采用口语，文风趋于平实；鲁迅的《记念刘和珍君》则于口语之中多杂以文言成分，并多用对偶、排比，混合着散文的朴实与骈文的华美与气势。例如——

> 当封棺的时候，在女同学出声哭泣之中，我陡然觉得空气非常沉重，使大家呼吸有点困难……（《关于三月十八日的死者》）

> 四十多个青年的血，洋溢在我的周围，使我艰于呼吸视听，那里还有什么言语？（《记念刘和珍君》）

——前者全用口语，并一律用陈述句；后者杂以文言句式，陈述句中兼用反问句，更多变化。

> 第二天上午十时棺殓，我也去一看；真真万幸没有见

到伤痕或血衣，我只见到用衾包裹好的两个人，只余脸上用一层薄纱蒙着，隐约可以望见面貌，似乎都很安闲而庄严地沉睡着。（《关于三月十八日的死者》）

始终微笑着的和蔼的刘和珍君确是死掉了，这是真的，有她自己的尸骸为证；沉勇而友爱的杨德群君也死掉了，有她自己的尸骸为证；只有一样沉勇而友爱的张静淑君还在医院里呻吟。（《记念刘和珍君》）

——两段文字都是寓主观情感于客观叙述中，但前者含蓄，后者不但包含着浓重的论战性，而且通过排比的重复句式使读者强烈地感受到压抑的情感几欲冲决而出。

赤化赤化，有些学界名流和新闻记者还在那里诬陷。

白死白死，所谓革命政府与帝国主义原是一样东西。（《关于三月十八日的死者》）

惨象，已使我目不忍视了；流言，尤使我耳不忍闻。我还有什么话可说呢？我懂得衰亡民族之所以默无声息的缘由了，沉默呵，沉默呵！不在沉默中爆发，就在沉默中

灭亡。（《记念刘和珍君》）

——前者在冷静评述中自然含有主观倾向性，却有意引而不发，追求含蓄味和简单味，有些粗心的读者还因此对周作人产生了误会；后者既是情感火山般喷发，又着意将散文与骈文，长句与短句，陈述句与反问句互相交错，取得了声情并茂的效果。

应该说，这两者都是美的，在我国现代散文艺术园地里都各占有自己的一席地位。

其三：抓住作品中的“存在编码”

一切大作家、大学者都是关注现实，又超越现实，追索隐藏在现实深处的人生、人性，人的生命存在的奥秘。

鲁迅即是如此。他的杂文，不仅紧张地思考着现实人生及其出路，而且将这种思考上升到哲学的、人类学的层面，把对现实人生痛苦的体验升华到对于人自身的存在困境的体验。

人们经常说，阅读鲁迅杂文，要抓住“关键词语”；现在我们要补充说，在关键词里有一部分是揭示人的生存困境的，可以称之为“存在编码”，是更应该注意，引发深思的。

在我看来，在《记念刘和珍君》里，就有三大存在编码。

其一，“沉默”。

> 沉默呵，沉默呵！不在沉默中爆发，就在沉默中灭亡！

“沉默”仅是一种外在的生命形态，它内含着两种不同的生命（人生）选择。

一种是鲁迅说的“苟活”的“沉默”：不言，不动，也不思言，不思动，是对外在压力与生命痛苦的默然忍受，寂寞而无声，这意味着生命的空洞，精神的颓衰，结果自然是个体生命与民族生命的“灭亡”。

那么，结束“沉默”，开口，说话，写文章，又如何呢？人又立刻感到了说话、著文的无力。——面对“非人间”所谓屠戮，说话有什么用？不过是显示自己的软弱，徒然使杀人者“快意于我的苦痛”。人与人之间是能够相互理解的吗？如果“不过供无恶意的闲人以饭后的谈资，或者给有恶意的闲人作‘流言’的种子”，著文又有什么意义？

这是一个“沉默”可能导致“灭亡”，“开口”又“空虚”无用的两难选择。

鲁迅寄希望于另一种“沉默”——那是“出离愤怒”后的“真的愤怒”，预示着超于言说之上的“爆发”。

但仍然留下一个问题：这“血与火”的暴力反抗，真的能把人从生存困境中解脱出来吗?

其二，“忘却”。

忘却的救主快要降临了罢,我正有写一点东西的必要了。

鲁迅说，这是“造化”为“庸人”设计，靠着“忘却的救主”“洗涤旧迹”，“仅使留下淡红的血色和微漠的悲哀。在这淡红的血色和微漠的悲哀中，又给人暂得偷生，维持着这似人非人的世界”。于是，“时间永是流逝，街市依旧太平”……

但世上仍有不肯忘却者在：“真的猛士，敢于直面惨淡的人生，敢于正视淋漓的鲜血。这是怎样的哀痛者和幸福者。”

但仍无以摆脱持续的紧张造成的精神的疲累，以致生命之弦不堪承受、几至崩裂的忧惧。于是，就有了《为了忘却的记念》的命题：“借此算是耸身一摇，将悲哀摆脱，给自己轻松一下，照直说，就是我们倒要将他们忘却了”。[1]——但是，真的能够“摆脱”“轻松”吗?

其三，“爱”与“死”。

> 当三个女子从容地转辗于文明人所发明的枪弹的攒射中的时候，这是怎样一个惊心动魄的伟大呵！

这背后是贯穿《记念刘和珍君》全文的两个最主要、最基本的生存编码：“爱”与“死”。鲁迅说他“向来是不惮以最坏的恶意来推测中国人的”。但这一次他从中国青年，特别是中国的女性，“在弹雨中互相救助，虽殒身不恤”的大爱和从容赴死里，看到了“微茫的希望”。

但他仍不忘追问这“爱”与“死”的价值与意义。他沉重地写道：“有限的几个生命在中国是不算什么的”，这回牺牲的意义，“我总觉得很寥寥，因为这实在不过是徒手的请愿。人类血战前行的历史，正如煤的形成，当时用大量的木材，结果却只是一小块，但请愿是不在其中的，更何况是徒手。”他之所以对徒手请愿持极大保留，是出于他对人（尤其是年轻

① 鲁迅：《为了忘却的记念》，《鲁迅全集》4卷，493页。

一代）的生命的珍视。这同样是鲁迅式的两难：他理解革命必有牺牲，但又无法摆脱死的沉重阴影。他因此再三告诫：只有“会觉得死尸的沉重”的民族，“先烈的‘死’”才会转化为“后人的‘生’”。[1]这是鲁迅从“三一八惨案”的现实中提升出的最深刻的生命命题。

深入到这个层面，理解了这些，我们才真正读懂了《记念刘和珍君》。

① 鲁迅：《“死地”》，《鲁迅全集》3卷，283页。

六、读《杂感》

这篇收入《华盖集》的杂文，人们似乎不大注意。或许正因为如此，却是我最愿意介绍给朋友们的。

记得鲁迅在谈到《野草》时，说过这样一句话："大抵仅仅是随时的小感想"，"大半是废弛的地狱边沿的惨白色小花"。[①]这篇《杂感》也就是这样的"小感想"，是鲁迅和作为"地狱"看守者的"正人君子"们搏斗时的内心独白，是《野草》式的逼视自己灵魂之作。

于是，就有了——

鲁迅式的情感选择——"拒绝一切为他的哭泣和眼泪"。

鲁迅的自我命名——"无泪"的人。

还有鲁迅式的"报恩和复仇"——"爱人不觉他被杀之惨，仇人也终于得不到杀他之乐：这是他的报恩和复仇"。细

① 鲁迅：《〈野草〉英文译本序》，《鲁迅全集》4卷，365页。

心的读者自会注意到，《野草》里的《复仇》《死后》诸篇已孕育其中。

而且有鲁迅式的悲苦——“最悲苦的是死于慈母或爱人误进的毒药，战友乱发的流弹，病菌并无恶意的侵入，不是我自己制定的死刑”。《野草》里的“无物之阵”的命题已经呼之欲出。

还有鲁迅式的人生选择——“现在的地上，应该是执着现在，执着地上的人们居住的”。

以及鲁迅式的愤怒——“勇者愤怒，抽刃向更强者；怯者愤怒，却抽刀向更弱者”。勇者鲁迅的愤怒同时指向“更强者”和“怯者”。

最重要的是，鲁迅的战略选择——“纠缠如毒蛇，执着如怨鬼”的韧性战斗。

最后归结为鲁迅式的心象与意象——“酷烈的沉默”，“像毒蛇似的在尸林中蜿蜒，怨鬼似的在黑暗中奔驰”。

七、读《爬和撞》

这是鲁迅和梁实秋论战的文章。读者朋友读中学时都读过《“丧家的”“资本家的乏走狗”》吧。许多人都是因为这篇文章而指责鲁迅过分狭隘，气量太小，就会骂人。我在这里愿意为鲁迅做一点辩护。这是鲁迅和梁实秋的一场论战，起因是梁实秋打上门来，揭发、暗示鲁迅这些左翼文人“拿俄国人的卢布”，鲁迅则斥之以“资本家的乏走狗”。表面上好像是两个人互相骂，但分量与性质不一样。“拿俄国人的卢布”，在30年代是一个政治罪名，就好像今天说你这人是拿了美国情报局的津贴，它会在政治上致对方于死地。而鲁迅指梁实秋为“资本家的乏走狗”，话虽难听，但不会给梁实秋造成实质上的威胁。梁实秋骂鲁迅拿俄国人的卢布，某种程度上就是向政府告发，想借助当局的政治力量来扼杀他的论战对手。在鲁迅看来，要论战就各自讲道理，如果讲不出道理，而要借助权势来进行政治迫害，那就是“乏”，是无理、无力的表现，所以叫“乏走狗”。

其实，鲁迅实际把梁实秋作为一个“社会类型”来写的。他的意图是要通过梁实秋“这一个”看“这一类”知识分子，“乏走狗”这个概括实际上有很强的生命力。直到今天，我们在文坛、学界的文人论争中，不是经常看到，一些人不做学理的论辩，而一味指控对方“政治不正确”，这不也是想借助政治权力来压制对方，以济自己理论无力之穷吗？这就是“乏走狗”。坦白地说，我这些年经常遇到这样的认权不讲理的乏走狗，遇到这种人，我就想起鲁迅，觉得鲁迅深刻，有远见。这就是鲁迅杂文类型形象的魅力所在。

当然，这也会产生另一方面的问题：梁实秋在鲁迅的笔下，只是一种类型形象，鲁迅的论战方法是“抓住一点，不及其余”，只抓住其具有普遍意义的那一点，即“乏”的那一面，而有意排斥了这一点所不能包括的某人其他个别性、特殊性的方面（如梁实秋在散文写作和翻译上的成就），这样才能提升出一种社会类型。因此，鲁迅笔下的“梁实秋”实际上只是一种社会类型（“乏走狗”）的“代名词”，而不是对梁实秋做全面评价，更不是盖棺论定。鲁迅说自己写杂文论战，“没有私仇，只有公敌”，就是这个意思。由此而认为鲁迅是意气之争，不宽容，实在是隔膜得厉害。

刚才着重谈“乏”，现在再来说“资本家的走狗”。这是什么意思呢？“走狗”这个词有点难听，说文雅点，就是说是“资本主义的辩护士”。鲁迅这么说梁实秋，也是有根据的。梁实秋的原话是这么说的：“资产是文明的基础”，“所以攻击资产制度，即是反抗文明”，“一个无产者假如他是有出息的，只消辛辛苦苦诚诚实实的工作一生，多少必定可以得到相当的资产。”梁实秋这种说法显然是为资本主义的制度辩护的。鲁迅作为一个强烈评判资本主义的左翼知识分子，他要对这样的辩护言论提出反驳和批评，是理所当然的。而且，所谓“资本家的走狗”即资本主义的辩护士，也是一种具有普遍性、超越性的知识分子类型。看看今天的中国社会，这样的辩护士难道还少吗？当广东出现血汗工厂，发生工人跳楼事件，不是就有知识分子公开对工人说，资方养活你们，你们好好干就行了，将来也可以上去的嘛。何必要自杀？这不是“资本家走狗”又是什么？当然，鲁迅坚持的是左翼的立场，今天有些读者就不一定赞成鲁迅的观点，但有一点是不可否认的：当年鲁迅和梁实秋的论争，实际上是左翼知识分子和自由主义知识分子之间围绕着“如何对待资本主义制度”的论争，而且今天还有意义，而绝不是意气之争。

我们要读的，是鲁迅与梁实秋论争时写的一篇杂文。但我们阅读的重点，并不在判断是非，我们感兴趣的是鲁迅和梁实秋论战时采用的方法，以及由此展现的杂文的特点。也就是说，我们今天的阅读，关心的是“怎么写”，而不是“写什么”。我们要注意的是，鲁迅写的不是一般的论辩文章，而是用杂文的思维与表达方式来写，这就很不一般，有许多可琢磨之处。

文章的题目是《爬和撞》。鲁迅一开始就把梁实秋的理论概括为一种通俗、形象的说法：“从前梁实秋教授曾经说过：穷人总要爬，往上爬，爬到富翁的地位。”应该说，这样的形象概括大体上是符合梁实秋的意思，却又将其通俗化，将多少有些含糊之处，显豁化了。

然后，就抓住这个“爬”字，展开他的想象与分析，这就是文学家的形象思维。先点破其玄机：“虽然爬得上的很少，然而个个以为正是他自己”，轻轻一句话就揭露了这种“爬”论的欺骗性。然后，指出其内在矛盾：人多路少，十分拥挤。于是，老实人规规矩矩“爬”，聪明人就“推”，踏着别人的肩膀和头顶，“爬上去”了。——鲁迅仅仅提供给我们这样一幅既爬且推的具体场景，没有一句评论，但批判之意已隐含其中，这就是用形象说话。

然后是心理描写：可悲的是，大多数人仍然认定“自己的冤家，不在上面，只在旁边”，把处于同一地位的兄弟，视为妨碍自己往上爬的对手，这样的被压迫者间的相互推挤，就更显出了“爬”论的残酷性。——鲁迅依然没有多说一句话，但他的内心的愤激之情，已经力透纸背了。

鲁迅依然不动声色地继续揭露：于是，出现了“跪着的革命”，还“发明了撞”，真正成了相互你死我活的残杀，成了生命的冒险了。

然后，鲁迅把笔拉开，讲“爬是古已有之”的历史。这就是对历史文化的深入开掘。而这些形象的描述，都可以视为小说里的某些场景。不意间就显露了鲁迅的小说家的笔法。而这样的拉开的多少有些知识性与趣味性的叙述，也使文章的文气稍有舒缓，而不是那样剑拔弩张。

再把笔拉回现实的“爬”，揭示“那些早已爬在上面的人们”的着意欺骗，暗指的就是自己的论战对手梁实秋，他的那一套“爬”论，就是这样的欺骗之词。

于是，就有了最后一句：“这样，爬了来撞，撞不着再爬……鞠躬尽瘁，死而后已。”不知道诸位感觉怎样？我读到这里，开始觉得很荒唐，有些好笑；但又突然惊醒：这难道不就是写我们自己，写当下中国人的生存处境吗？我们不就生活在这样一个“爬着、推着、撞着”的所谓“自由竞争”的社会里吗？到处充斥着那些爬上去了的“成功人士”的喧嚣，而被挤下、推下、撞下的“失败者”的呻吟，完全被世纪末的狂欢所淹没，没有人听见，更少有人如鲁迅那样关注与思考。而这样的“爬”“推”“撞”，不也写出了我们自己的现实的处境，但我们中又有多少人愿意正视这样的现实呢？还有，当下中国思想、文化、学术界的那些市场原教旨主义者，不就是当年的梁实秋吗？我们也终于明白，当年鲁迅为什么要如此认真，甚至不惜用最尖刻的语言，和梁实秋论战，反驳他的“爬”论，这确确实实是出于“公心”，绝非发泄私愤。这样，1933年写《爬和撞》的鲁迅，就穿越时空，和生活在2014年的我们相遇了。

而这样的相遇，是通过杂文实现的。不妨回顾一下我们在阅读这篇杂文时心理的微妙变化：开始，我们是以旁观者的心态，来看鲁迅笔下的“爬撞图”的，只觉得图中人行为的荒唐与可笑；但慢慢地，我们就笑不起来了，内心荡漾起几分悲悯之情，以及对“爬论”鼓吹者的几分厌恶；最后文章戛然而止，而我们在回味时，却突然发现鲁迅写的就是自己，悚然而思。这就是鲁迅杂文的文学性所在：它是要触动我们的内心的。

八、读《论辩的魂灵》

这也是很有趣的一篇文章，鲁迅把当时许多反对改革，反对新思想的言论概括出一些诡辩式言论，鲁迅称之为“鬼画符”。这样的概括，是最能显示鲁迅杂文的功力的。当年的具体立论，已经查不出来了；但其概括出来的思维逻辑却让我们今天的读者联想起现实生活中的某些人的一些言论，不禁哑然失笑，是为“故鬼重来”也。

比如，“我读洋文是政府的功令，反对者即反对政府也”。——这是打着“政府”的旗号，反对我就是反对政府，这就是此前说的“乏”，但又显得特别的“理直气壮”。这样的逻辑，在当今知识分子或网上的论争中，不是经常可见吗?

还有，“我骂卖国贼，所以我是爱国者。爱国者是最有价值的，我的话就是不错的”。——这回是打着“爱国”的旗号。这是当下最为时髦的论战手段，动不动就宣布论战对方是“卖国贼”“汉奸”。

还有“我亲眼看见”云云，“我听说”云云，这都是无中生有的栽赃；至于“我是畜类，我叫你爹爹，你就是畜类”，这就是耍无赖了。在网络里和日常生活中，这种无赖难道还少吗？

鲁迅就是用夸张的笔调，把这种论辩术的荒诞性和霸道揭示出来，在哈哈一笑之后，其所谓逻辑就不攻自破了。不仅如此，还把诡辩者的“魂灵”勾勒出来了。这也是鲁迅杂文的特点：它不仅进行观点的论辩，更关注观点背后的逻辑，而且善于用夸张的手法揭示其荒诞性；不仅要在观念上辨别是非，更要勾勒其魂，揭示灵魂的丑恶，鲁迅杂文的勾魂术是极具战斗力的。

九、读《小杂感》

鲁迅杂文中还有一类比较特殊的类似格言的文体，叫“小杂感”。它是对历史和现实经验的高度浓缩，包含了相当丰富、深刻的历史思想文化的内涵和人生的哲理，却用十分简洁，又十分形象的杂文语言概括出来，使人眼睛一亮，同时又陷入沉思。这里面几乎每句话都可以写成一篇大论文。

我们举几个具体例子。

“曾经阔气的要复古，正在阔气的要保持现状，未曾阔气的要革新。大抵如是。大抵！”——每次读到这里都觉得这是对当下中国改革的最深刻的概括：人人谈改革，处处谈改革，改革成为一个最时髦的话题；但改革的高论背后，都有不同的利益诉求和驱动。“曾经阔气的”即曾经的既得利益者，“要复古”，要回到“文革”和“文革”以前；“正在阔气的”即现在的既得利益者，按他们的本意，是要“维持现状”，但是改革是大势所趋，所以也讲改革，声音喊得比谁都响。目的是想继续扩大他们的既得利益，中国很多改革越改越糟，原因就在这里。中国有没有真正的改革者？有，就是鲁迅说的“未曾阔气”的社会阶层，我们通常所说的“弱势群体”。这些人本来应该是改革的动力，却常常被视为“不稳定因素”，成为打击对象。这正是当下中国改革的根本问题：究竟要依靠谁？现在都浓缩在鲁迅这句话里了。这就是鲁迅杂文的概括力：他把最复杂的问题用一句话就说清楚了：你慢慢去琢磨吧。

> 革命的被杀于反革命的。反革命的被杀于革命的。不革命的或当作革命的而被杀于反革命的，或当作反革命的而被杀于革命的，或并不当作什么而被杀于革命的或反革命的。革命，革革命，革革革命，革革……

这有点像绕口令，但却是对中国现代历史的高度概括。先是革命者杀了反革命，这点我们比较熟悉；然后是反革命的杀革命的；然后又是杀不革命的，革命的反革命的不革命的都要杀，互相杀来杀去。它背后有一个逻辑，就是杀反革命。但问题是谁是反革命，由谁来定？是由掌权者定，说你是反革命，你就是反革命，最后连不革命也要杀，实际上就是杀异己者。

你看中国的近现代历史，不就是一个不断的杀异己者的历史？鲁迅说，他写的许多文章都是看了无数的流血才写成的。《小杂感》里的这短短的一句话，就不知渗透了多少异己者的血！

更可怕的，还是鲁迅《小杂感》里的另一句话——

“凡为当局所‘诛’者皆有‘罪’。”——当权者就是“法”，既是立法者，又是执法者，他要“诛”你，你就有罪。鲁迅有篇杂文，题目就叫《可恶罪》：“我先前总以为人是有罪，所以枪毙或坐监的；现在才知道其中的许多是因为被认为‘可恶’，这才终于犯了罪。”[①]总而言之，当局看不顺眼，就有罪。

“法三章者，话一句耳。”——当年刘邦反对秦始皇的暴政，曾立法三章，但最后还是实行秦法，这就是“话一句耳”。“话一句耳”，是可以用来概括许多宣传与承诺的。不管多么信誓旦旦，都不可轻信：“话一句耳。”鲁迅使我们变得聪明，把事看透，把问题想透，就不那么容易上当了。

“一见短袖者，立刻想到白臂膊，立刻想到全裸体，立刻想到生殖器，立刻想到性交，立刻想到杂交，立刻想到私生子。”——这里讲的是中国人的性想象力，表面上中国是最讲性禁忌的国家，其实性禁忌的背后就是旺盛的性欲和性想象

① 鲁迅：《可恶罪》，《鲁迅全集》3卷，516页。

力。这个不用多说，大家都能会心一笑。它引起你对许多生活现象的联想，你本来没注意，现在经鲁迅一提醒，一点破，就清楚了。这也是鲁迅杂文的魅力。

读鲁迅的《小杂感》，可以看清楚当下中国的许多事情。我们说“鲁迅活在当下中国”，很多人可能还有些疑惑，现在大概就有具体感受了。在鲁迅杂文里，真的浓缩了许多丰富的历史经验，人生经验，正可以“鉴古而知今”。

十、读《论“他妈的！”》

鲁迅说过，我看事情太仔细，我对中国人的内情看得太清楚。

一个太仔细，一个太清楚，这大概就是鲁迅看事情不同寻常之处。他要关注的，也是杂文里要揭示的，是人的最隐蔽的心理状态，而且是人自己都未必自觉，即无意识的隐蔽心理。他有一种特殊的眼光，在一般人看来没有什么问题的地方，一眼看出内情，揭示出问题，让大家大吃一惊。

这是一篇千古奇文：《论“他妈的！”》。“他妈的”堪称中国国骂，每个中国人都会骂，即使不在公共场合骂，私下也会暗骂。文章里就讲到一个农村趣闻：父子一同吃午饭，儿子指着一碗菜说：“这不坏，妈的你尝吧”。父亲说：“我不要吃，妈的你吃去罢！”这里“妈的”就变成“亲爱的”意思了。

问题是，中国人全这样骂，却从来没有人去认真想想：这样的“国骂”背后，意味着什么，隐藏着什么，更不用说写成文章。在人们心目中，“他妈的”是不登大雅之堂的。但是人们忽略之处，正是鲁迅深究之处；人们避之不及，鲁迅却偏要大说特说，要“论”。“论”什么呢？一论国骂背后隐藏着怎样的国民心理；二论造成这种国民心理的社会原因。于是，鲁迅就做了“国骂始于何朝何代”的考证。这样的考证，也是非鲁迅莫为的，现在的学者是不屑于做，也想不到要做的。但鲁迅做了，而且得出了很有意思的结论。

他发现，“国骂”从古就有，但“他妈的”作为国骂，却始于晋代。因为晋代是讲门第，讲出身的。人的地位、价值不取决于你的主观努力和才能，而取决于你的出身。出身大家族就可以当大官，这就是“倚仗祖宗，吃祖宗饭”，这样的遗风于今犹存：过去是“学好数理化，走遍天下都不怕”，现在是“有个好爸爸，走遍天下都不怕”。仗势欺人，就是仗着父母、祖宗的势力欺负人。当一个人他出身寒门，受到仗势欺人的人的欺负时，他心中充满了怨气，想反抗，又不敢反抗，怎么办？就走一条“曲线反抗”的道路：你不是靠着父母吃祖宗饭吗？那我就骂“他妈的”，好像这一骂就出气了，心理就平衡了：这是典型的阿Q心理。这也可以说是一种反抗，但却是靠骂脏话来泄愤，骂一个“他妈的”就心满意足了，就忘记一切屈辱，还是眼睛一闭，天下太平了。鲁迅说，这是卑劣的反抗。

你们看，鲁迅对人们司空见惯、习以为常的“国骂”看得多细，多深，他看出了内情：一个是中国无所不在的等级制度，一个就是中国人一切倚仗祖宗，不思反抗，自欺欺人的国民性。而且鲁迅说：“中国至今还有无数‘等’，还是倚仗祖宗。倘不改造，即永远有无声的或有声的‘国骂’。”不知道读者朋友对鲁迅这样鞭辟入里的分析，有什么感觉？至少以后再说“他妈的”，就会考虑考虑，有所反省和警戒吧？鲁迅这双“会看夜的眼睛”实在太厉害了，他把我们社会制度的毛病，国民心理的弱点，都看透了。

十一、读《晨凉漫记》

这是分析张献忠杀人心理的。大家知道，中国农民起义领袖中，最喜欢杀人的就是张献忠。他到处杀人，见人就杀，不需要任何理由。鲁迅说，他就像为艺术而艺术一样，为杀人而杀人。很多人都把张献忠杀人归结为他性格的凶残；这固然不错，但鲁迅却不满足：多少有些浅尝辄止，太肤浅了，鲁迅要深挖不止，探究其内在的心理动因。于是就发现，张献忠刚开始和李自成争天下的时候，并不随意杀人：有一天他当了皇帝，人都杀光了怎么办？只有到了竞争失败，不可能当皇帝的时候，他怀有一种失败的报复心理，就开始乱杀人：反正将来天下不是我的，人都杀光了才好。——鲁迅就这样揭示了一种普遍的隐蔽的社会心理：一个人或一个国家处在没落的地位的时候，它会有一种疯狂的报复心理。鲁迅说有些书香门第，当家族败落的时候，他会将原来辛辛苦苦攒下来的字画在一怒之下全都烧毁：这就是一种失败者的心理。了解这一点，有助于我们认识一些社会现象：当你看到有人或者一个群体在疯狂报复和破坏的时候，你就要想到，他们看起来很强势，内心却是虚弱的，实际上已经败落了。

但这些隐蔽的心理，都是人们（特别是当事人）不去想，不敢想，更不说出来，不愿说，不便说，不敢说的。鲁迅却一语道破，就让人很尴尬，很不舒服，于是说鲁迅“毒”，有一双“毒眼”：实际就是“会看夜的眼睛”，更有一支“毒笔”：不过是写出了被着意隐蔽的黑暗的真相与内情。

十二、读《推背图》、《由中国女人的脚，推定中国人之非中庸，又由此推定孔夫子有胃病》及《“滑稽”例解》

鲁迅还教我们如何读报纸。

鲁迅说：“我的习性不太好，每不肯相信表面上的事情”，常有“疑心”。这一疑心，就有了一个了不得的发现。在《推背图》这篇杂文里，他提出了一个中国人“想、说、做分裂”的问题：“有明说要做，其实不做的；有明说不做，其实要做的；有明说做这样，其实做那样的；有其实自己要这么做，倒说别人要这么做的；有一声不响，而其实倒做了的。然而也有说这样，竟这样的。难就在这地方。”

为什么会这样？由此而引发了对中国国民性的反思。鲁迅说，中国是一个会做戏的民族，所谓“剧场小天地，天地大剧场”。为什么要做戏？就因为中国人没有真正的信仰，有迷信，有狂信，但就没有坚信。中国人很少“信而从”，更多的是“怕而利用”。“利用”就是“演戏”。所以中国人是“做戏的虚无党”。[①]

“做戏的虚无党”是通过语言表现出来的，这就影响到中国人的语言表达方式。于是，鲁迅又有了一个概括：中国是一个“文字的游戏国”。[②]全世界没有一种语言像中国汉语这样具有灵活性，富有弹性。同样一件事情换一个说法就是另一个样子。比如说全世界都有失业的现象，但是中国不叫“失业”，叫“待业”，仿佛一叫“待业”就有希望“就业”了，内心的不满、焦虑就自然减缓了，这就有了心理慰藉的功能。这样的弹性语言，就最容易造成“说什么”与“想什么”“做什么”分离。也就是说，中国的语言是独立于人的思想和实际生活之外的。一般来说，语言是思想的反映，但在中国语言不受思想制约；一般来说，语言要变成行动，影响于实际生活，但在中国语言可以和实际生活不发生任何关系。说中国是“文字游戏国”，就是因为在中国，语言不是用来表达思想，也不准备实行，完全是为了游戏，为了宣传，说说、玩玩而已，这就是“话一句耳”。

---

① 鲁迅：《马上支日记》，《鲁迅全集》3卷，346页。

② 鲁迅：《逃名》，《鲁迅全集》6卷，409页。

鲁迅说，在这种情况下，如果你看到某个人，头头是道，冠冕堂皇地大说一气，你如果真的相信他所说的一切，你就是一条“笨牛”。如果你不但相信，还要按着他说的去做，那你就不知道是什么了。最可怕的是，大家都知道是胡说八道，谁都不相信，其实说话的人自己也未必相信。但是大家（说话的人，听话的人）都做出一副相信的样子。这就是说，明知语言的虚伪性，还要维护这种虚伪性。因为已经形成了游戏规则。如果有一个人把话说穿，指出说的一切都是假的，那他就是安徒生童话里的那个孩子，就会群起而攻之，轻则说你幼稚，不懂事，扫兴，重则视你为公敌，把你灭了。因为你破坏了游戏规则，大家玩不下去了，就不能容你。

面对这样的文字游戏国里的做戏虚无党，无所不在的宣传和做戏，我们怎么办？鲁迅教给我们的办法，是“正面文章反面看”。他说，这是中国所谓“推背图”的思维方式：从反面来推测未来或现在的事情。用这样的方法去看报纸上的文章，有时会有毛骨悚然的感觉。

鲁迅举了一个例子。当时（1933年），中国正面临日本军队入侵的危险，中日关系相当紧张。国民党政府的态度自然就成了一个关键。这时候报纸上登了几条消息：“××军在××

血战，杀敌××××人”，“××谈话：决不与日本直接交涉，仍然不改初衷，抗战到底”，“芳泽（按，日本外务大臣）来华，据云系私人事件”。——这些“正面”消息，如果“反面看”，“可就太骇人了”：原来××军并未反抗，日本当局正在派人来华招降；中国政府也有意“与日本直接交涉”，放弃抵抗。但这恰恰是事情的真相。

用这样的方法去读报上的宣传文字，确实可以看出许多被着意遮蔽的东西。鲁迅还谈到这样的经验：“人必有所缺，这才想起他所需。”鲁迅举了一个例子：“我们平时，是绝不记得自己有个头，或一个肚子，应该加以优待的，然而一旦头痛肚泻，这才记起了他们，并且大有休息要紧、饮食小心的议论。”

听到这样的议论，不但绝不可因此认定他是一个“卫生家”，却要从反面看，认定他平时是不讲卫生的。鲁迅因此写了一篇绝妙的杂文：《由中国女人的脚，推定中国人之非中庸，又由此推定孔夫子有胃病》。鲁迅断定孔夫子有胃病，根据就在《论语》里的一句话，叫“食不厌精，脍不厌细”，就因为有了胃病，才会想到要吃精细一点。健康的时候，大口大口地吃，哪里会有“食不厌精”一说？这当然是开玩笑，但有它深刻之处。

这确实提供了一种看文章和报纸的方法。特别是那些“瞒和骗”的宣传，是可以从他宣传什么，反过来看出实际生活里缺什么的。比如，如果一个时期，报纸上突然大讲特讲某个地区如何稳定团结，就可以大体断定那个地方的稳定团结出了问题。但鲁迅又提醒说，善于瞒和骗的报纸宣传，也不会处处说谎话，它也夹杂着真实的记载，真真假假混在一起，才有欺骗性。因此也不能处处都“正面文章反面看”，那也是会把自己搞糊涂的。如何把握，就得靠各人的社会经验、智慧和判断力了。

鲁迅还告诉我们，如何从报纸的文章里，读出其中的“滑稽味”。这里有一篇《“滑稽”例解》。鲁迅说：“在中国，要寻求滑稽，不可看所谓滑稽文，倒要看所谓正经事，但要想一想。这些名文是俯拾皆是的，譬如报章上正正经经的题目，什么‘中日交涉渐入佳境’呀，‘中国到那里去’呀，就都是的，咀嚼起来，真如橄榄一样，很有些回味。”这里的关键自然是去不去想，我们因为懒于观察与思考，失去了许多读报（或看网上文章）的乐趣。很多文章的滑稽之处，不是一眼就看得出来，你细细体会，就会会心一笑。看起来最不好笑的地方，其实最可笑。

就拿鲁迅举的这个小小的例子来说吧。当时报纸上有一条花边新闻，提到某个文人没什么才华，但是他当了有钱人的女婿，就在文坛上暴得大名。于是，就有人写文章嘲笑这个富女婿，说他“登龙有术”。又有人写文章为富女婿辩护，开口就说：“狐狸吃不到葡萄，说葡萄是酸的，自己娶不到富妻子，于是对于一切有富岳父的人产生嫉妒，妒忌的结果是攻击。”我们可以感到这样的反击有些滑稽，但似乎说不清楚；我们看看鲁迅怎么说：“这也不能想一下，一想的结果，便分明是这位作者在表明，他知道‘富妻子’的味道是甜的了。”——我们读到这里，再想一想，是不能不失声一笑的。

鲁迅还举了一个例子。那是《论语》杂志上选登的一篇“冠冕堂皇的公文”：四川营山县长禁穿长衫令（按，近年也有禁止中学生留长发的校规）：“须知衣服蔽体已足，何必前拖后曳，消耗布匹？且国势衰弱，……顾念时艰，后患何堪设想？”——真像鲁迅说的，这本身就是一幅漫画，只要稍稍想一想，就会忍俊不禁的。

但鲁迅仍然认为，这或许过于奇诡。在他看来，滑稽却不如平淡，唯其平淡，也就更加滑稽。因此，他说：“在这一标准上，我推选‘甜葡萄’说。”

读了鲁迅的《“滑稽”例解》，我们是不是也可以尝试着在读报刊和网上文章时，多想一想，也许可以从中品尝出许多“滑稽味”，特别是“平淡中的滑稽”，岂不快哉！

十三、读《现代史》

这也是一篇非常奇特的杂文。

文章开头却很平实："从我有记忆起，直到现在，凡我所曾经到过的地方，在空地上，常常看见有'变把戏'的，也叫作'变戏法'的。"我小时候也看过，不知道大家有没有看过？接着鲁迅依然是平实地叙述——

> 这变戏法的，大概只有两种——
>
> 一种，是教一个猴子戴起假面，穿上衣服，耍一通刀枪；骑了羊跑几圈。还有一匹用稀粥养活，已经瘦成皮包骨头的狗熊玩一些把戏。末后向大家要钱。
>
> 一种，是将一块石头放在空盒子里，用手巾左盖右盖，变出一只白鸽来；还有将纸塞在嘴巴里，点上火，从嘴角鼻孔里冒出烟焰。其次是向大家要钱。要了钱之后，一个

人嫌少，装腔作势的不肯变了，一个人来劝他，对大家说再五个。果然有人抛钱了，于是再四个，三个……

抛足之后，戏法就又开了场。这回是将一个孩子装进小口的坛子里面去，只见一条小辫子，要他再出来，又要钱。收足之后，不知怎么一来，大人用尖刀将孩子刺死了，盖上被单，直挺挺躺着，要他活过来，又要钱。

“在家靠父母，出家靠朋友……Huazaa！ Huazaa！”变戏法的装出撒钱的手势，严肃而悲哀的说。

别的孩子，如果走近去想仔细的看，他是要骂的；再不听，他就会打。

果然有许多人 Huazaa 了。待到数目和预料的差不多，他们就检起钱来，收拾家伙，死孩子也自己爬起来，一同走掉了。

看客们也就呆头呆脑的走散。

这空地上，暂时是沉寂了。过了些时，就又来这一套。俗语说，“戏法人人会变，各有巧妙不同。”其实是许多年间，总是这一套，也总有人看，总有人 Huazaa，不过其间必须经过沉寂的几日。

写到这里，都是小说家的街头速写，非常具体，生动，形象。但是，敏感的读者就会不满足：鲁迅就仅仅写这样的街头小景吗？这样的街头小景的描述，一般作家都能做得到。鲁迅的特别之处在哪里呢？莫非他要暗示什么？这就形成了一个阅读悬念。

文章结尾才露了底，也只有短短的一句——

> 到这里我才记得写错了题目，这真是成了“不死不活”的东西。

点睛之笔就这句话。我们这才赶紧回过头来看题目：《现代史》！这才恍然大悟：鲁迅写的哪里是街头小景，这是一篇现代寓言！再重读前面的种种描写，就读出了其中的种种隐喻，并联想起现代史上的种种事情来。

整个中国现代史不就是这样的“变戏法”？“戏法人人会变，各有巧妙不同”。从当年的北洋军阀，到后来的国民党、蒋介石，以及以后发生的种种，大家轮番变戏法，手法不同，目的却是一个：“向大家要钱”，用种种名目向老百姓要钱，维护各自利益，还要招呼周围的人不要戳穿戏法。“在家靠父母，出家靠朋友”，无数冠冕堂皇的历史叙述其实都是“朋友”写出来的，目的也只有一个：不要“戳穿西洋镜”，让戏法继续变下去。

鲁迅可以说是把变戏法的现代史看透了，也把那些一意遮蔽真相的所谓的历史学家看透了，他们都是权势者（玩把戏的主人）的“朋友”。鲁迅给自己的杂文规定的任务就是要反其道而行之：偏要戳穿西洋镜，让我们看见真实。读者也不禁要出一身冷汗，因为我们也有意无意地充当了这场“世纪变戏法”的看客！

这是典型的鲁迅联想，我把它叫作“荒谬联想”。骗人的变戏法和庄严的现代史，一边是正人君子瞧不起的游戏场所，一边是神圣的历史殿堂，两者风马牛不相及，却被鲁迅妙笔牵连，成了一篇奇文。你初读觉得荒唐，仔细想想，又不得不承认其观察的深刻。这就显示了鲁迅的想象力和联想力的个性：他最善于在外观形式上离异最远。

按一般逻辑、常理不可能有任何关联的事物之间，发现内在的相通；在最高贵、庄严、伟大、神圣和最低下、荒诞、卑贱之间，找到内在的关联；在“形”最不似处，发现“神似”，在“形”的离心力与“神”的向心力之间，形成具有强烈反差的张力场，作家的想象力自由驰骋于其间，这就产生了一种奇异之美。

《现代史》把这样的荒诞联想运用得如此自如，不动声色。写法也很特别，主要篇幅都在写变戏法，最后突然反转，又戛然而止。读者心里也会有微妙的变化：开始觉得好玩，不知道写这个干吗，等到恍然大悟，就会有一种惊喜和回味无穷的感觉。现代史竟然是一场世纪把戏，这是喜剧，更是悲剧。

十四、读《推》

再看另外一篇写街头小景的《推》。

文章也是以平实的记叙开始——

> 两三个月前，报上好像登过一条新闻，说有一个卖报的孩子，踏上电车的踏脚去取报钱，误踹住了一个下来的客人的衣角，那人大怒，用力一推，孩子跌入车下，电车又刚刚走动，一时停不住，把孩子碾死了。

这条新闻发生在两三个月前，这类事情在城市里时有发生，人们司空见惯，谁也不去细想；但鲁迅注意了，并且念念不忘，想了两三个月，而且想的很深，很广。

被推倒碾死的是一个孩子，而且是穷苦的卖报的孩子。这是鲁迅最不能忍受的。因此，他要追问，推倒孩子的是什么人？衣角被踹住，可见穿的是长衫，“总该属于上等（人）”。这就是说，一位上等人，踹倒了一个底层社会的孩子，并导致了他的死亡。这样，鲁迅就抓住了一个“典型”，这是非要想清楚，说清楚的。

鲁迅由此而联想起，在上海马路上走，时常会遇见两种“横冲直撞”的人：“一种是不用两手，却只将直直的长腿，如入无人之境似的踏过来”，“这是洋大人”；“一种就是弯上他两条胳膊，手掌向外，像蝎子的两个钳子一样，一路推过去，不管被推的人是跌在泥塘或火坑里。这就是我们的同胞，然而‘上等’的。”——这一段联想，极具形象性，无论是“踏”和“推”的动作的描摹，还是骄横神态的刻画，都非常传神，充分显示了鲁迅作为一个文学家的形象记忆与描写能力。请注意：鲁迅这里描写得尽管很具体，但又有了某种程度的概括，由个别人变成了某一类人（洋人或者上等华人）。于是，这些具体可触的描述，就具有了某种象征意味。

由上等华人又产生了“推”的联想，或者说是幻觉：

上车，进门，买票，寄信，他推；出门，下车，避祸，逃难，他又推。

这似乎是一连串的蒙太奇动作，极富画面感。

> 推得女人孩子都踉踉跄跄，跌倒了，他就从活人上踏过，踏死了，他就从死尸上踏过，走出外面，用舌头舔舔自己的厚嘴唇，什么也不觉得。

这已经是典型的鲁迅式的“吃人”幻觉；但又用了小说家的细节描写：“用舌头舔舔自己的厚嘴唇”，极具传神，又有普遍的象征意味。然后又联想起更加可怕的场面：

> 旧历端午，在一家戏场里，因为一句失火的谣言，就又是推，把十多个力量未足的少年踏死了。死尸摆在空地上，据说去看的又有万余人，人山人海，又是推。

这又是鲁迅式的“看客”恐惧，“又有……又是”，语气十分沉重。“推了的结果，是嘻开嘴巴，说道：‘阿唷，好白相来希呀！’”这是一句上海话，就是好玩的意思。这是鲁迅“看戏”主题的再现：轻佻的语气与前文的沉重感形成强烈对比。

行文至此，就自然产生一个飞跃——

住在上海，想不遇到推与踏，是不能的，而且这推与踏也还要廓大开去。要推倒一切下等华人中的幼弱者，要踏倒一切下等华人。这时就只剩了高等华人颂祝着——

“阿唷，真好白相来希呀。为保全文化起见，是虽然牺牲任何物质，也不应该顾惜的——这些物质有什么重要性呢！”

这是一个意义的提升：鲁迅以他特有的思想穿透力，赋予“推”的现象以更大的隐喻性，揭示了30年代半殖民地的上海社会结构的不平等：下等华人，尤其是下等华人中的幼弱者，被任意推倒践踏；而洋人和高等华人却肆意妄为，还有一些高等华人中的文人却又以“保全文化”的名义，对他们大加“颂祝”。

这样，鲁迅就通过一条谁也不注意的社会新闻，街头小景，深刻地揭示了上海半殖民地社会最本质的一个方面。这就是由小而见大，这也是鲁迅杂文的一个重要特点。

我们注意到鲁迅在这篇短短的杂文里，运用了三种笔法。一种是小说家写实的笔法，有生动的形象，细节描写，而且极富画面感。另一种是杂文家的联想以至幻觉，予小说家的写实场景，以某种象征意义和隐喻，从具体的“这一个”到更普遍的“这一类”，但又不失其具体性。最后通过思想家的鲁迅的思想的穿透力，揭示新闻背后的社会问题。而这样的思想分析和概括，又渗透着强烈的主观情感。我们不妨再读一读这段文字：“上车，进门，买票，寄信，他推；出门，下车，避祸，逃难，他又推，”这力透纸背的憎恶之情，是怎么也掩饰不住的。我们在这里看到了小说家与杂文家、思想家的统一，诗与哲学的统一。

关于鲁迅杂文的诗的因素，还要多说几句。鲁迅宣称：我的杂文“不过是，将我所遇到的，所想到的，所要说的，一任它怎样浅薄，怎样偏激，有时便都用笔写了下来”，“就如悲喜时节的歌哭一般，那时无非借此来释愤抒情”。[①]这就提醒我们，要注意鲁迅杂文的抒情性。鲁迅看起来很冷静，写的是客观事物，人们也因此容易忽略鲁迅写作的主观性。

其实，鲁迅的杂文确实是由某一外在客观的人事引发的，但他真正关注和表现的，却是自己的主观反应。一切客观的人事都要经过鲁迅主观心灵（思想，情感，心理等等）的过滤，折射，才成为他的杂文的题材。因此，出现在鲁迅杂文里的人

① 鲁迅：《〈华盖集续编〉小引》，《鲁迅全集》3卷。

和事，已不再具有纯粹的客观性，而是在过滤、折射过程中发生了变异的主观化了的，是主客体的一种新的融合。我们读者读鲁迅杂文，不仅被他的思想深刻所震撼，更触摸到了一个活生生的鲁迅，他的所见所思所感，他的心灵的歌哭。这才是鲁迅杂文的真正内核，鲁迅杂文根底上是诗的。

鲁迅确实说过，中国大众的灵魂都在他的杂文里；我们还要说，鲁迅杂文里更有他自己的灵魂。如果看不到和大众灵魂叠加在一起的鲁迅魂，至少是没有完全读懂鲁迅的杂文。

十五、读《几乎无事的悲剧》

本文写于1935年7月14日，其时鲁迅正“字典不离手，冷汗不离身”地翻译俄国作家果戈理的长篇小说《死魂灵》第一部。查《鲁迅年谱》，鲁迅于1935年开译，10月17日译讫，前后费时八个月。而写作此文时，一至四章已经在生活书店版《世界文库》第一、二册发表，第五、六章也即将发表于第三册；所以本文一开头就说，《死魂灵》的译本“已经发表了第一部的一半”（全书共十一章）。因此，某种意义上，可以把本文看作是鲁迅翻译中的心得，也可以说是一篇书评。但由于鲁迅与果戈理在文学追求上的相通，鲁迅的评论又可以当作他的“夫子自道”来读。也就是说，鲁迅对果戈理的发现，也是他的自我发现。本文的更大意义或许在这里。

不过，讲相同，首先要说不同。这就是第一段所讲的，果戈理笔下的地主典型，“讽刺固多”，除个别外，“都各有可爱之处”；而“写到农奴，却没有一点可取了”，究其原因，大概是因为“果戈理自己就是地主”。鲁迅在随后写的《译者附记》里说：“果戈理的运命所限就在讽刺他本身所属的一流人物，”说的也是这个意思。而鲁迅，如他自己所说，则是“憎恶这熟识的本阶级，毫不可惜它的溃灭”[①]的，其基本立场自与果戈理不同。

鲁迅与果戈理的相通主要在艺术上。因此鲁迅在第二段对果戈理的两点艺术评价，就特别值得重视。一是果戈理所创造的“脚色”可真是生动极了，“直到现在，纵使时代不同，国度不同，也还是使我们遇见了有些熟识的人物”。这正是鲁迅所追求的，他也确实创造了阿Q这样的超越时代、国度的被称作“熟识的陌生人”的不朽的文学典型。鲁迅更赞赏的是果戈理的“讽刺的本领”，并将其独特之处概括为“用平常事，平常话，深刻地显出当时地主的无聊生活”。这其实是鲁迅自己的追求。

就在1935年的3月，鲁迅写过一篇题为《论讽刺》的文章，强调讽刺的本质就是“写实”，并且举了一个例子：“我们走到交际场中去，就往往可以看见这样的事实，是两位胖

① 鲁迅：《〈二心集〉序言》，《鲁迅全集》4卷，195页。

胖的先生，彼此弯腰拱手，满面油晃晃地正在开始他们的扳谈——‘贵姓？……’‘敝姓钱。’‘哦，久仰久仰。还没有请教台甫……。’‘草字阔亭。’‘高雅高雅。贵处是……？’‘就是上海……’‘哦哦，那好极了，这真是……’”——这就是用平常事，平常话，写人们的无聊生活。鲁迅说：“谁觉得奇怪呢？但若写在小说里，人们可就会另眼看待了，恐怕大概就要被算作讽刺。”[①]我们很快就会发现，鲁迅的这一段顺手拈来的描写与果戈理的讽刺笔法是相当神似的。

或许更能引发我们的兴趣的，是鲁迅对《死魂灵》里的两段经典的场面描写的赏析。

场面一：“摸狗耳朵，狗鼻子。”——先介绍有关人物。这是闹剧的发动者：罗士特莱夫，“是地方恶少式的地主，赶热闹，爱赌博，撒大谎，要恭维——但挨打也不要紧”：寥寥数语，活画出一个“地方恶少”的形象，破折号后面的补充尤为重要。而他的两个动作：一个“夸示”（自己的好小狗），一个“勒令”（乞乞科夫摸狗耳朵之后还要摸狗鼻子），就把他的沾沾自喜与莽撞渲染得淋漓尽致。

有意思的是，鲁迅对另一位小说的真正主人公乞乞科

① 鲁迅：《论讽刺》，《鲁迅全集》6卷，286页。

夫——他是为了一笔买卖死去的农奴（即所谓“死魂灵”）的生意，而来找罗士特莱夫的，却不做任何介绍，只写他对罗士特莱夫的“夸示”与莽撞“勒令”的反应：为“表示”好意，“便摸了一下”那狗的耳朵，“是的，会成功一匹好狗的”，他“加添”说。为“不使他扫兴”，“就又一碰”那鼻子，于是说道：“不是平常的鼻子！”

请仔细琢磨我们用引号加以突出的文字：“表示”好意，“不使”扫兴，特意“加添”，都是刻意迎合。我们甚至可以想象，乞乞科夫做这些“表示”时，眼睛是盯着主人的。这是表面文章，那么，他心里的真实感受呢？乞乞科夫本人自然不会有任何表露：他是把自己的内心世界密封得点滴不漏的。但敏锐的作者与译者却用极其传神的文字做了巧妙的暗示：“便摸了一下”（狗耳朵），“就又一碰”（狗鼻子），刚“一摸”“一碰”就赶紧把手缩回来，这不仅是敷衍，是逢场作戏，更隐隐透露了一种厌烦，甚至恶心：对肮脏的狗，也是对莽撞的主人。这样的掩饰不快而投其所好，才是真正的深通世故，才可称作圆滑的应酬。

读到这里，你会觉得这样的表演实在丑恶而可笑，不过一场闹剧而已。这时候，鲁迅却在一旁提醒你注意：这样的圆滑的应酬至今还随时可见，有些人简直以此为一世的交际术，人一生一世都在圆滑的应酬中度过，这又意味着什么？还有，“不是平常的鼻子”是怎样的鼻子呢？说不清的，但听者只要这样也就足够了。说话，自己就不打算弄清楚它的意思，只是为了使他者听了舒服：人的言说的意义和价值堕落到这样的地步，这又意味着什么呢？想到这里，似乎有一股悲凉袭上你的心头，是不是？

场面二：“看瞎了眼的母狗。”——这就更加不堪了。但“大家”（罗士特莱夫之外，主要就是乞乞科夫）仍然认真“察看”，目的仅仅是为了证实：“看起来，它也确乎瞎了眼”。这真是无聊、滑稽透顶了。但鲁迅却要追问：“这和大家有什么关系呢？”也就是说，这有什么意思呢？这一问，就问出了一个大问题：原来“世界上有一些人，却确是嚷闹，表扬，夸示这一类事，又竭力证实这一类事，算是忙人和诚实人，在过了他的整一世”。

一个人，整整“一世”，一辈子都消磨在“母狗确乎瞎了眼”这类毫无意义的小事情上，“嚷闹”“表扬”“证实”，热热闹闹，忙忙碌碌，还自以为“诚实”。鲁迅冷眼看去，这正是对人生意义与价值的消解，显示着生命的萎缩、空虚与无聊。当事人愈沉溺其中，就愈显出其内在的荒诞性与悲剧性。

这就终于引出了一个普遍性的重要论断——

这些极平常的，或者简直近乎没有事情的悲剧，正如无声的言语一样，非由诗人画出它的形象来，是很不容易觉察的，然而人们灭亡于英雄的特别的悲剧者少，消磨于极平常的，或者简直是近于没有事情的悲剧者则多。

这不仅是对果戈理的讽刺艺术的重大发现，更是对鲁迅自己的悲剧观的高度概括；而且还显示了一种鲁迅式的看世界的眼光与方法。

我在《心灵的探寻》里对此有过这样的阐释——

如果说在传统的悲喜剧中比较注重越过正常生活轨道，有着特殊经历的人物和所谓奇闻“怪现状”等生活的变态；那么，现在鲁迅所关注的则是生活轨道正常运行中的常态，那些最平常、最普遍的事实。更明确地说，鲁迅所强烈感受到的，并力图开掘的，是生活本身的悲、喜剧性。

鲁迅时刻提醒人们：“中国现在的事，即使如实描写，在别国人们，后者将来的好中国的人们看来，也都会觉得grotesk（德语：古怪，荒唐）。”他所面对的是社会、生活整体性的溃烂，而不是个别人的堕落、局部生活的腐败，由此而产生的悲剧感与喜剧感，是格外深广，并且伴随着几乎莫可名状的压抑感。

鲁迅更关注与敏感的，是更深层次的“几乎无事”的悲喜剧，即人们生活与精神的平庸化、媚俗化。但中国国民却偏偏容易满足，甚至为自己的苟活而沾沾自喜。鲁迅这样的先觉者从这里更看到了一种不可救药的奴性，这是既令人悲凉，又使人愤慨不已的。

这样，悲喜剧的制造者，也由少数的“坏人”“小人”，转变为鲁四老爷这样的正统的统治者，以及由多数善良的老百姓的习惯势力和社会舆论力量组成的“无主名无意识的杀人团”。鲁迅因此一再向麻木的人们大声怒喝：“笑(哭)你们自己！”他宣布：“我的方法是使读者摸不着写自己以外的谁，一下子就推诿到，变成旁观者，而疑心倒是写自己，又像是写一切人，由此开出反省的道路”。鲁迅之所以注目于极普遍的日常生活中的悲喜剧，正是出于启蒙的目的，使人们无法推诿自己的历史责任，从而引起自我反省、自我批评的自觉。①

现在我们再回到《几乎无事的悲剧》这篇文章上来。最后一段讨论的是果戈理（实际也包括鲁迅自己）的讽刺艺术的历

① 参看钱理群：《心灵的探寻》，296—300页。北京大学出版社，1999年版。

史使命的问题、鲁迅引述了普希金对果戈理讽刺艺术的经典概括：“含泪的微笑。”我们何尝不可以以此来概括鲁迅的讽刺艺术。但鲁迅却认为，这特点属于历史过渡时期的艺术。在他看来，在果戈理的“本土”，即当时的社会主义的苏联，这样的“含泪的微笑”的艺术“已经无用了，来代替它的有了健康的微笑”。

在这个问题上，今天我们可能与鲁迅有不同的认识：鲁迅显然将当时的苏联过于理想化了；而含泪的微笑的艺术生命力可能比鲁迅预料的要长远得多。但鲁迅关注的重心在当时的中国；因此他强调的是，这样的含泪的微笑“在别的地方”也即中国，“也依然有用”，并且特地指出，“果戈理的‘含泪的微笑’倘传到和作者地位不同的读者（即中国的读者）的脸上，也就成为健康”，因为促使中国读者的思考与自省。

鲁迅说，“这是《死魂灵》的伟大处”，因为它产生了超越国家和时代的影响；但鲁迅又说，这“也正是作者的悲哀处”，这就回到了本文开头所说，果戈理写作《死魂灵》的本意是“要讽刺他本身所属的一流人物”，以唤起自己本阶级的自省，而这样的目的却未能达到。在鲁迅看来，也不可能达到，这对于作者自身来说，自然是悲哀的，也可以说是一个悲剧吧。

十六、读《秋夜纪游》

我们的“细读”就要结束了，最后回到“夜”的情景、意象上来。读读这篇《秋夜纪游》。

本文发表于1938年8月16日的上海《申报》“自由谈”副刊，与我们读过的《夜颂》正成呼应。在1933年，鲁迅连续以“夜”为题写散文诗式的杂文，不是偶然。他在《准风月谈》前记里有明确交代：1933年国民党当局加强了对报刊、杂志的控制，迫使这年5月23日“自由谈”编者刊出了“吁请海内文豪，从兹多谈风月”的启事，隐含的意思是“莫谈风雨风云”。但鲁迅却别有见解。他说：“谈风云的人，风月也谈得。谈风月就谈风月罢，虽然仍旧不能正如尊意。”要想借题材的限制来封文人的嘴，扼杀其批判的锋芒，是办不到的。鲁迅举例说，同样写风月之夜，固然有“月白风清，如此良夜何”的“风雅”，但也有“月黑杀人夜，风高放火天”这样的“造反”。这是一点办法也没有的。

于是就有了貌谈风月而实讲风云的散文诗式的杂文。而鲁迅却别有意趣：他要写的是自己对上海秋夜的独特感受，写他的都市体验。

我们还是来读原文。

第一段无非是点题：“电灯”“马路”都是典型的都市风景。文章起得很平。

但第二段：“危险？危险令人紧张……”一句却异军突起。于是提出了“在危险中漫游”的命题，是第一段“在马路上漫游”的一个发展。读者自然要问：为什么在马路上漫游会有危险？这危险来自何方？作者不做回答，其实当时的读者不说也明白：夜上海，会有当局的秘密逮捕，马路更是黑社会横行的场所。鲁迅在《夜颂》里早就说过，处处“弥漫着惊人的真的大黑暗”。但这一切，鲁迅都点而不说，引而不发，强调的是自己的态度与感受：“紧张令人觉到自己的生命的力”。——这也为有点出人意料：这正是战士所特有的反应。文章的节奏也由前文的急促（“危险？危险令人紧张……”）转而舒缓：“在危险中漫游，是很好的。”

这“紧张”是内心的反应，而外在的环境却是悠闲的。于是就有了对租界住宅区的观察与描写。这里自然不会有下等华人的贫民窟，但鲁迅依然发现了“中等华人”与“高等华人或无等洋人”的住处的巨大差异：鲁迅对社会等级与不平等，有着特殊的敏感。鲁迅更以小说家的观察力和描写力，寥寥数语就画出了一幅市民消夏图：“吃食担，胡琴，麻将，留声机，垃圾桶，光着的身子和腿。”而那由“宽大的马路，碧绿的树，淡色的窗幔”，以及“凉风，月光”构成的“风月图”则是属于高等华人与无等洋人的。

第三段最后一句“然而也有狗子叫”，又引出了第四段对农村听狗叫的回忆。这就把文章的空间大大扩展了：上海马路对于鲁迅毕竟是太狭窄、逼迫了。而一写到农村，鲁迅的笔墨似乎也变得滋润、深沉起来，“深夜远吠，闻之神怡，古人之所谓‘犬声如豹’者就是”。这是怎样一种诗意。于是“巨獒跃出”，“一声狂嗥”，“一种紧张”，正与第二段呼应，“如临战斗，非常有趣的”。鲁迅的战士风姿也被渲染得淋漓尽致。

鲁迅又把笔收回现实；放得开，收得住，收放自如，正是鲁迅散文的一个特点。“但可惜在这里听到的是叭儿狗。它躲躲闪闪，叫得很脆：汪汪。”——这都市里的“叭儿狗”与农村的“巨獒”，是一个鲜明的对比。鲁迅早就说过，叭儿狗是被“贵人豢养”的，其主要特点就是那样一副媚态，但它也能伤人。鲁迅在《准风月谈·后记》里说：“经验使我知道，我在受着武力征伐的时候，是同时一定要得到文力的征伐的。”而叭儿狗在文力征伐中正扮演着极不光彩的角色。有兴趣者可以去读这篇《后记》，那里记录了一大批叭儿狗的“汪汪”脆叫。而在本文中它是作为一个群体出现的。

于是就有了文章后半部鲁迅与现代都市叭儿狗的战斗。严格地说，这实在算不得战斗，因为叭儿狗总是“躲躲闪闪”，而鲁迅则对之充满蔑视，既不“和它们的管门人说几句话”，也不“抛给它一根肉骨头”，只发出“恶笑”，拿起石子，“举手一掷，正中了它的鼻梁”。而且，这都是在“漫步”中进行——作者连用六个“漫步”，营造一种轻松、从容的气氛；同时突出叭儿狗的叫声：一面一再重复“我不爱听这一种叫”，一面更加细致地描写叭儿狗销声匿迹的过程：“呜的一声，它不见了……更加躲躲闪闪了，声音也和先前不同，距离也隔得远了……”

最后一句是——

> 我不再冷笑，不再恶笑了，我漫步着，一面舒服地听着它那很脆的声音。

或许我们可以从字里行间依稀看见鲁迅瘦削的脸上露出的胜利者的微笑。

国家新闻出版广电总局

首届向全国推荐中华优秀传统文化普及图书

大家小书书目

国学救亡讲演录	章太炎 著 蒙 木 编
门外文谈	鲁 迅 著
经典常谈	朱自清 著
语言与文化	罗常培 著
习坎庸言校正	罗 庸 著 杜志勇 校注
鸭池十讲（增订本）	罗 庸 著 杜志勇 编订
古代汉语常识	王 力 著
国学概论新编	谭正璧 编著
文言尺牍入门	谭正璧 著
日用交谊尺牍	谭正璧 著
敦煌学概论	姜亮夫 著
训诂简论	陆宗达 著
金石丛话	施蛰存 著
常识	周有光 著 叶 芳 编
文言津逮	张中行 著
经学常谈	屈守元 著
国学讲演录	程应镠 著
英语学习	李赋宁 著
中国字典史略	刘叶秋 著
语文修养	刘叶秋 著
笔祸史谈丛	黄 裳 著
古典目录学浅说	来新夏 著
闲谈写对联	白化文 著
汉字知识	郭锡良 著
怎样使用标点符号（增订本）	苏培成 著
汉字构型学讲座	王 宁 著

诗境浅说	俞陛云　著
唐五代词境浅说	俞陛云　著
北宋词境浅说	俞陛云　著
南宋词境浅说	俞陛云　著
人间词话新注	王国维　著　滕咸惠　校注
苏辛词说	顾　随　著　陈　均　校
诗论	朱光潜　著
唐五代两宋词史稿	郑振铎　著
唐诗杂论	闻一多　著
诗词格律概要	王　力　著
唐宋词欣赏	夏承焘　著
槐屋古诗说	俞平伯　著
词学十讲	龙榆生　著
词曲概论	龙榆生　著
唐宋词格律	龙榆生　著
楚辞讲录	姜亮夫　著
读词偶记	詹安泰　著
中国古典诗歌讲稿	浦江清　著 浦汉明　彭书麟　整理
唐人绝句启蒙	李霁野　著
唐宋词启蒙	李霁野　著
唐诗研究	胡云翼　著
风诗心赏	萧涤非　著　萧光乾　萧海川　编
人民诗人杜甫	萧涤非　著　萧光乾　萧海川　编
唐宋词概说	吴世昌　著
宋词赏析	沈祖棻　著
唐人七绝诗浅释	沈祖棻　著
道教徒的诗人李白及其痛苦	李长之　著
英美现代诗谈	王佐良　著　董伯韬　编
闲坐说诗经	金性尧　著
陶渊明批评	萧望卿　著

古典诗文述略	吴小如　著
诗的魅力 ——郑敏谈外国诗歌	郑　敏　著
新诗与传统	郑　敏　著
一诗一世界	邵燕祥　著
舒芜说诗	舒　芜　著
名篇词例选说	叶嘉莹　著
汉魏六朝诗简说	王运熙　著　董伯韬　编
唐诗纵横谈	周勋初　著
楚辞讲座	汤炳正　著 汤序波　汤文瑞　整理
好诗不厌百回读	袁行霈　著
山水有清音 ——古代山水田园诗鉴要	葛晓音　著
红楼梦考证	胡　适　著
《水浒传》考证	胡　适　著
《水浒传》与中国社会	萨孟武　著
《西游记》与中国古代政治	萨孟武　著
《红楼梦》与中国旧家庭	萨孟武　著
《金瓶梅》人物	孟　超　著　张光宇　绘
水泊梁山英雄谱	孟　超　著　张光宇　绘
水浒五论	聂绀弩　著
《三国演义》试论	董每戡　著
《红楼梦》的艺术生命	吴组缃　著　刘勇强　编
《红楼梦》探源	吴世昌　著
《西游记》漫话	林　庚　著
史诗《红楼梦》	何其芳　著 王叔晖　图　蒙　木　编
细说红楼	周绍良　著
红楼小讲	周汝昌　著　周伦玲　整理

曹雪芹的故事	周汝昌 著 周伦玲 整理
古典小说漫稿	吴小如 著
三生石上旧精魂——中国古代小说与宗教	白化文 著
《金瓶梅》十二讲	宁宗一 著
中国古典小说十五讲	宁宗一 著
古体小说论要	程毅中 著
近体小说论要	程毅中 著
《聊斋志异》面面观	马振方 著
《儒林外史》简说	何满子 著

我的杂学	周作人 著 张丽华 编
写作常谈	叶圣陶 著
中国骈文概论	瞿兑之 著
谈修养	朱光潜 著
给青年的十二封信	朱光潜 著
论雅俗共赏	朱自清 著
文学概论讲义	老 舍 著
中国文学史导论	罗 庸 著 杜志勇 辑校
给少男少女	李霁野 著
古典文学略述	王季思 著 王兆凯 编
古典戏曲略说	王季思 著 王兆凯 编
鲁迅批判	李长之 著
唐代进士行卷与文学	程千帆 著
说八股	启 功 张中行 金克木 著
译余偶拾	杨宪益 著
文学漫识	杨宪益 著
三国谈心录	金性尧 著
夜阑话韩柳	金性尧 著
漫谈西方文学	李赋宁 著
历代笔记概述	刘叶秋 著

周作人概观	舒　芜　著
古代文学入门	王运熙　著　董伯韬　编
有琴一张	资中筠　著
中国文化与世界文化	乐黛云　著
新文学小讲	严家炎　著
回归，还是出发	高尔泰　著
文学的阅读	洪子诚　著
中国文学1949—1989	洪子诚　著
鲁迅作品细读	钱理群　著
中国戏曲	么书仪　著
元曲十题	么书仪　著
唐宋八大家——古代散文的典范	葛晓音　选译
辛亥革命亲历记	吴玉章　著
中国历史讲话	熊十力　著
中国史学入门	顾颉刚　著　何启君　整理
秦汉的方士与儒生	顾颉刚　著
三国史话	吕思勉　著
史学要论	李大钊　著
中国近代史	蒋廷黻　著
民族与古代中国史	傅斯年　著
五谷史话	万国鼎　著　徐定懿　编
民族文话	郑振铎　著
史料与史学	翦伯赞　著
秦汉史九讲	翦伯赞　著
唐代社会概略	黄现璠　著
清史简述	郑天挺　著
两汉社会生活概述	谢国桢　著
中国文化与中国的兵	雷海宗　著
元史讲座	韩儒林　著

魏晋南北朝史稿	贺昌群　著
汉唐精神	贺昌群　著
海上丝路与文化交流	常任侠　著
中国史纲	张荫麟　著
两宋史纲	张荫麟　著
北宋政治改革家王安石	邓广铭　著
从紫禁城到故宫 ——营建、艺术、史事	单士元　著
春秋史	童书业　著
明史简述	吴　晗　著
朱元璋传	吴　晗　著
明朝开国史	吴　晗　著
旧史新谈	吴　晗　著　习　之　编
史学遗产六讲	白寿彝　著
先秦思想讲话	杨向奎　著
司马迁之人格与风格	李长之　著
历史人物	郭沫若　著
屈原研究（增订本）	郭沫若　著
考古寻根记	苏秉琦　著
舆地勾稽六十年	谭其骧　著
魏晋南北朝隋唐史	唐长孺　著
秦汉史略	何兹全　著
魏晋南北朝史略	何兹全　著
司马迁	季镇淮　著
唐王朝的崛起与兴盛	汪　篯　著
南北朝史话	程应镠　著
二千年间	胡　绳　著
论三国人物	方诗铭　著
辽代史话	陈　述　著
考古发现与中西文化交流	宿　白　著
清史三百年	戴　逸　著

清史寻踪	戴　逸　著
走出中国近代史	章开沅　著
中国古代政治文明讲略	张传玺　著
艺术、神话与祭祀	张光直　著 刘　静　乌鲁木加甫　译
中国古代衣食住行	许嘉璐　著
辽夏金元小史	邱树森　著
中国古代史学十讲	瞿林东　著
历代官制概述	瞿宣颖　著
宾虹论画	黄宾虹　著
中国绘画史	陈师曾　著
和青年朋友谈书法	沈尹默　著
中国画法研究	吕凤子　著
桥梁史话	茅以升　著
中国戏剧史讲座	周贻白　著
中国戏剧简史	董每戡　著
西洋戏剧简史	董每戡　著
俞平伯说昆曲	俞平伯　著　陈　均　编
新建筑与流派	童　寯　著
论园	童　寯　著
拙匠随笔	梁思成　著　林　洙　编
中国建筑艺术	梁思成　著　林　洙　编
沈从文讲文物	沈从文　著　王　风　编
中国画的艺术	徐悲鸿　著　马小起　编
中国绘画史纲	傅抱石　著
龙坡谈艺	台静农　著
中国舞蹈史话	常任侠　著
中国美术史谈	常任侠　著
说书与戏曲	金受申　著
世界美术名作二十讲	傅　雷　著

中国画论体系及其批评	李长之 著
金石书画漫谈	启 功 著 赵仁珪 编
吞山怀谷 ——中国山水园林艺术	汪菊渊 著
故宫探微	朱家溍 著
中国古代音乐与舞蹈	阴法鲁 著 刘玉才 编
梓翁说园	陈从周 著
旧戏新谈	黄 裳 著
民间年画十讲	王树村 著 姜彦文 编
民间美术与民俗	王树村 著 姜彦文 编
长城史话	罗哲文 著
天工人巧 ——中国古园林六讲	罗哲文 著
现代建筑奠基人	罗小未 著
世界桥梁趣谈	唐寰澄 著
如何欣赏一座桥	唐寰澄 著
桥梁的故事	唐寰澄 著
园林的意境	周维权 著
万方安和 ——皇家园林的故事	周维权 著
乡土漫谈	陈志华 著
现代建筑的故事	吴焕加 著
中国古代建筑概说	傅熹年 著
简易哲学纲要	蔡元培 著
大学教育	蔡元培 著 北大元培学院 编
老子、孔子、墨子及其学派	梁启超 著
春秋战国思想史话	嵇文甫 著
晚明思想史论	嵇文甫 著
新人生论	冯友兰 著

中国哲学与未来世界哲学	冯友兰　著	
谈美	朱光潜　著	
谈美书简	朱光潜　著	
中国古代心理学思想	潘　菽　著	
新人生观	罗家伦　著	
佛教基本知识	周叔迦　著	
儒学述要	罗　庸　著	杜志勇　辑校
老子其人其书及其学派	詹剑峰　著	
周易简要	李镜池　著	李铭建　编
希腊漫话	罗念生　著	
佛教常识答问	赵朴初　著	
维也纳学派哲学	洪　谦　著	
大一统与儒家思想	杨向奎　著	
孔子的故事	李长之　著	
西洋哲学史	李长之　著	
哲学讲话	艾思奇　著	
中国文化六讲	何兹全　著	
墨子与墨家	任继愈　著	
中华慧命续千年	萧萐父　著	
儒学十讲	汤一介　著	
汉化佛教与佛寺	白化文　著	
传统文化六讲	金开诚　著	金舒年　徐令缘　编
美是自由的象征	高尔泰　著	
艺术的觉醒	高尔泰　著	
中华文化片论	冯天瑜　著	
儒者的智慧	郭齐勇　著	
中国政治思想史	吕思勉　著	
市政制度	张慰慈　著	
政治学大纲	张慰慈　著	
民俗与迷信	江绍原　著	陈泳超　整理

政治的学问	钱端升　著　钱元强　编
从古典经济学派到马克思	陈岱孙　著
乡土中国	费孝通　著
社会调查自白	费孝通　著
怎样做好律师	张思之　著　孙国栋　编
中西之交	陈乐民　著
律师与法治	江　平　著　孙国栋　编
中华法文化史镜鉴	张晋藩　著
新闻艺术（增订本）	徐铸成　著
经济学常识	吴敬琏　著　马国川　编
中国化学史稿	张子高　编著
中国机械工程发明史	刘仙洲　著
天道与人文	竺可桢　著　施爱东　编
中国医学史略	范行准　著
优选法与统筹法平话	华罗庚　著
数学知识竞赛五讲	华罗庚　著
中国历史上的科学发明（插图本）	钱伟长　著

出版说明

“大家小书”多是一代大家的经典著作，在还属于手抄的著述年代里，每个字都是经过作者精琢细磨之后所拣选的。为尊重作者写作习惯和遣词风格、尊重语言文字自身发展流变的规律，为读者提供一个可靠的版本，“大家小书”对于已经经典化的作品不进行现代汉语的规范化处理。

提请读者特别注意。

北京出版社